浴蘭湯兮沐芳華采衣兮若英靈連蜷兮既留爛昭昭兮未
央謇將憺兮壽宮與日月兮齊光龍駕兮帝服聊翱遊兮
周章靈皇皇兮既降猋遠舉兮雲中覽冀州兮有餘橫四海
兮焉窮思夫君兮太息極勞心兮忡忡
右雲中君

◎《楚辞·九歌·云中君》

吉日兮良辰穆將愉上皇撫長劍兮玉珥璆鏘鳴兮琳琅
瑤席兮玉瑱盍將把兮瓊芳蕙肴蒸兮蘭藉奠桂酒兮椒
漿揚枹兮拊鼓疏緩節兮安歌陳竽瑟兮浩倡靈偃蹇兮
姣服芳菲菲兮滿堂五音紛兮繁會君欣欣兮樂康

右東皇太一

◎《楚辞·九歌·东皇太一》

中国诗词通识

流沙河 等◎著

The Seminar on
Chinese Poetry

北京联合出版公司
Beijing United Publishing Co.,Ltd

目录

诗经 流沙河

楚辞 胡小石

●唐诗 施蛰存

●宋词 龙榆生

1

诗经

流沙河

第一章

风

周南·关雎

“周南”不是一个国家，而是指“洛阳以南周公管辖的地区”。这个周公，不是协助武王伐纣的周公姬旦，而是他的后人，是“周召共和”时期两个共同辅政的大臣之一（另一个是召公，这个“召”读 shào）。所谓“周召共和”，就是周厉王胡作非为、搞得大家只能“道路以目”以后，国人忍无可忍，于公元前 841 年发动暴动，把他废黜了，直到公元前 828 年才拥立周宣王，中间这一段时间就是由周公和召公共同主持朝政，史称“周召共和”。因为周公和召公的封地都在镐京和洛阳的南面，所以就叫“周南”和“召南”。因为周公和召公是分别留在洛阳、镐京的，并没有到封地去做国君，所以不能把这两个地区称为“国”，很多研究者把它们和十三国风并称为“十五国风”，我认为是有问题的。周南就是周公管的这一部分，大致在今天的河南西南部和湖北西北部一带。

《关雎》是周南的第一首诗，也是《诗经》的开篇。老实说，孔夫子的这个选择，是动了脑筋的，它表现出的文化观念、诗歌观念，比我们今天的还要先进。我们今天如果要去编一本诗选，放在前面的肯定是领袖作品，或者是某个著名诗人的作品，你们去看现在编的诗集文集，哪一本不是这样？而且主题一定是很严肃的。孔夫子却不是这样。其实我们不妨想一想：社会是由家庭构成的，家庭是由夫妇构成的，两性的结合就是天地间第一件大事情，叫作“男女婚姻，人伦之始”。这就是孔夫子的观念。是不是比我们还先进呢？

全诗可分为五章，是一个渐次递进的过程：

1. 关关雎鸠，在河之洲。窈窕淑女，君子好逑。
2. 参差荇菜，左右流之。窈窕淑女，寤寐求之。
3. 求之不得，寤寐思服。悠哉悠哉，辗转反侧。
4. 参差荇菜，左右采之。窈窕淑女，琴瑟友之。
5. 参差荇菜，左右芼之。窈窕淑女，钟鼓乐之。

“关关”是一种水鸟的叫声，它叫“雎鸠”，叫声是“呱呱呱”的，也就是“关关关”的。雎鸠就是你我都很熟悉的“渔老鸹”，学名“鱼凫”，又叫“鸬鹚”。有人说它就是“鱼鹰”，但据我研究，最多只能说它是“鱼鹰”之一种。因为另有一种捕鱼为食的猛禽，也叫鱼鹰，但它没有这种叫声。你们去看渔老鸹捕鱼：如果一只渔老鸹发现了鱼，马上就会“呱呱呱”地呼叫，其他的渔老鸹听到了，就会扑过来围猎。这就是“关关雎鸠，在河之洲”，说的是河边沙洲上，一群渔老鸹正在围猎，一片此起彼伏的叫声。洲者，河中小岛也。出现在这片叫声中的，是“窈窕淑女”，是君子之人求偶的好对象。“逑”是对象、目标，就是object，“好逑”就是佳偶。“窈窕”是个连绵词，就是“以音求义”之词，不能分开来讲“窈”是什么，“窕”是什么。“窈窕”就是“遥迢”，遥迢者，远也。

“窈窕淑女”是说和那美丽的女子距离很远。这个距离，指的是感情距离：虽然那个淑女就在江边，可以见到，但是彼此不认识，无缘靠近，就感觉隔得很远了。这就像《西厢记》里张生初见崔莺莺的那个唱词："隔花阴，人远天涯近。"——明明和美女只隔一片花阴，因为无法攀识，无从交往，就觉得比天涯还远了。这种情况就是"窈窕"。汉代的经师们说："窈窕"是因为淑女住在闺阁之中，很不容易见面。这个解释，显然不符合这首诗歌描写的现场场景。

第二章四句，很值得分析："参差荇菜，左右流之。窈窕淑女，寤寐求之。"淑女们正在采摘一种叫"荇菜"的水生植物。《诗经》里对此有专门的解释，说这种荇菜是"宗庙祭祀之用"。参差者，长短不齐也，就是长长短短的荇菜在水面漂浮。荇菜的根没在水中，牵得很长，像藤蔓一样。叶子是圆的，颜色紫红，直径一寸左右，漂浮在水面上，所以采摘时只需要微微弯腰。"左右流之"的这个"流"，是借来表现采摘动作的动词，相当于"捞"或者"揪"，表现女子采摘的动作：左手捞一下，右手揪一把，腰肢扭来扭去，极尽女子的体态之美。显然那个时候的风气是很开放的：这些漂亮女子在水里采荇菜，虽然不像今天穿三点式泳衣，但总不会穿得很复杂，不然怎么方便呢？读到这里，这首诗的秘密就现出端倪了：它写的是古代的一种民俗活动。每年的春末夏初，荇菜成熟的时候，各家各户的年轻女子都到水里去采，用来敬鬼神、祖先。她们在采摘的时候，褰裳及腰，亮出玉臂美腿，姿态又是那么优美，就引得城里的小伙子——也就是"君子"们，都去河边看，看谁家的女子漂亮，哪个女子身材好。这就相当于一种含蓄的选美活动。古今人情不远，这些事是无师自通的，并不是只有今天的小伙子才会欣赏美女。小伙子看得心有所动，夜晚睡觉都老是在想，既觉得伊人遥远，又实在割舍不下，这就是"寤寐求之"。"寤寐"是个偏义复词，本来"寤"是指醒来，"寐"是睡着了，联用的偏义在"寐"，就是梦中都在思念，都在追求。这个“之”是代词，指那位让人心动的女子。

他想到了什么程度呢？“求之不得，寤寐思服。悠哉悠哉，辗转反侧。”这个“服”字，上古音近 pé，和现代的“急迫”的“迫”意思相通。迫者，接近也。“寤寐思服”就是说他在梦中都想和那个女子在一起。悠者，长也。失恋的人觉得夜晚太长，等啊等啊等不到完，就是“悠哉悠哉”。“辗转”的本义是车轮转过去又转过来，就像司机转方向盘一样；“反侧”是翻过来覆过去，两个词连在一起，就是翻来覆去睡不着觉。梦中似乎相亲相近，实际上又不能见面，就像从前一首歌唱的那样：“梦里常相亲，觉来隔远道。”

第二天，那个女子还在那里采荇菜：“参差荇菜，左右采之。”我们的这位君子又去了河边，这一次终于和那位女子有了交往，还约到了一个什么地方，一个奏琴，一个敲瑟，这就是“窈窕淑女，琴瑟友之”，就是以音乐做媒介，开始谈恋爱了。这个“采”读音 qǐ，“友”读音 yǐ，两个字在当时的读音是押韵的。古今谈恋爱大约都是这个样子，听音乐啊，看电影啊，先从这种似较含蓄的形式开始。这是第四章的内容。

最后一章，一对恋人终于结婚，结婚仪式上请了文工团班子，用钟鼓这些乐器来庆贺，乒乒乓乓地热闹起来：“参差荇菜，左右芼之。窈窕淑女，钟鼓乐之。”“芼”读音 mào，也就是我们今天的“拔”字，还是描画那个女子采荇菜的动作，只是因为它现在要换一个韵，所以要换一个动词。这里的“乐”要读 nào——音乐让自己愉悦，就是“乐（lè）”，如果是为他人演奏，就叫 nào，“热闹”的意思。

综观全诗，它就是描写一对青年男女，从初见、相思到相识、结合的过程。大概这就是孔夫子的理想：在一个社会里面，青年男女应该通过自由恋爱来彼此认识，组建家庭。从这里，你能看到上古时代自由恋爱的痕迹，不是什么包办婚姻，说明自由恋爱绝不是现在才出现的事物。它被放在《诗经》的第一篇，反映出孔老夫子绝不是那种糊涂、冬烘的人。

周南·桃夭

这是一首在婚礼上表达赞美和祝福的诗，它一直流传到我的童年时代。我小时候还看见过“礼生”（就是今天的婚礼主持人）在结婚仪式上吟诵这首诗，是配合着音乐演奏的，非常专业。只是因为古时候的观念不同，不能像今天这样直接夸奖新娘漂亮、祝她早生贵子，古时候是不准这样说的，所以主持人就用了“言在此而意在彼”的手法。

全诗分为三章，借着对桃树的花、果、叶子的描绘，把祝福和赞美之意，表达得既含蓄又到位。

1. 桃之夭夭，灼灼其华。之子于归，宜其室家。
2. 桃之夭夭，有蕡其实。之子于归，宜其家室。
3. 桃之夭夭，其叶蓁蓁。之子于归，宜其家人。

第一章是说这个漂亮的新娘会使家庭兴旺发达：你看这棵生命力正旺的桃树，容光焕发，满树红花好像耀眼的火焰，预示着这位美丽的新娘，会让她的夫家很快兴盛起来——多开几家公司，多多发财。“夭夭”是“少壮貌”；灼灼者，火焰之耀眼也；“华”就是花，因为“花”字出现得较晚，之前都是用“华”来表示。“之子”是“这个女子”。之者，此也；“子”在古代男女都适用。“于归”就是出嫁。

古人认为女子早晚要嫁到她夫家去，那边才是她的归宿，所以女子出嫁就叫“于归”。宜者，适合也；这个“室家”就是“家室”，把词序反过来，是为了押韵。

刚才说了女子的漂亮，但是光说漂亮是不够的，因为古代对婚姻还有一个很重要的希望，就是传宗接代。女子不但要漂亮，还要多生男娃娃。所以第二章就说桃树的果实了：“桃之夭夭，有蕡其实。之子于归，宜其家室。”“蕡”读音 fén，蕡者，大也；“实”指桃子的果实。民间说“桃三李四杏八年”，桃树是果树中挂果最快的。这是祝福新娘，明年就生个胖娃娃。

说了花，说了果，最后一章又说叶子，实际就是这个婚礼主持人演说的吉祥话：“桃之夭夭，其叶蓁蓁。之子于归，宜其家人。”我读了这两章，很佩服古人观察事物的细致程度，因为这首诗的描写顺序，完全符合桃树的生长规律。各位朋友未必都能注意到：桃树开花的时候，基本上还没有叶子；桃花谢了以后，才开始出叶子、挂果子；要等到把桃子摘完以后，桃树才会长出浓密的叶子。蓁蓁者，茂盛也。“其叶蓁蓁”就预示着这个媳妇会让这户人家人丁兴旺，将来儿孙满堂。这当然是古人生活观念的反映，和现代的观念有所不同。今天要是娃娃一大堆，父母恐怕就要发愁了。“宜其家人”是为了和“其叶蓁蓁”押韵，便于吟诵。

这首诗很有创造性，它是中国第一首用桃花比喻美女的诗。后来唐代崔护的诗“去年今日此门中，人面桃花相映红。人面不知何处去，桃花依旧笑春风”，就是从这里来的。还有杜甫写的“江碧鸟逾白，山青花欲燃”，也是借鉴了这首诗的“灼灼其华”。

周南·汉广

这又是一首“恋爱+结婚”的诗歌，写的是一个青年樵夫，迷上了汉江上的一个美女，又知道无法追求，感伤咏叹不已，就有了这首诗。全诗分为三章，每章都用同样的咏叹结尾：

1. 南有乔木，不可休思。汉有游女，不可求思。
汉之广矣，不可泳思。江之永矣，不可方思。

2. 翘翘错薪，言刈其楚。之子于归，言秣其马。
汉之广矣，不可泳思。江之永矣，不可方思。

3. 翘翘错薪，言刈其蒌。之子于归，言秣其驹。
汉之广矣，不可泳思。江之永矣，不可方思。

一开始的这个“南”，不是泛指南方，而是指“周南”地区的南方。也就是江汉一带。乔者，高也。而这个“休”字，一个人旁一个木，谓之“人依木曰休”，本义就是指一个人在一棵大树下面休息。行人在路上走，如果太阳太大了，走一会儿就要乘凉。乔木树干太高，树冠面积又小，并不遮阴，不适合在下面乘凉，所以说“南有乔木，不可休思”。这个“思”是虚词，近似于《楚辞》中的“兮”，全诗的“思”都是如此。后面的“汉有游女”，不是“遊玩”之“遊”，而是“游泳”的“游”，简化字搞成了同一个字，逼得我们要说明一下。“不可求思”，就是感叹那个女子很难接近，不可求娶。为什么这么说呢？因为那个女子太漂亮了，又无法接近，让他想到了嘉陵江的女神。古人认为山是雄性，水是雌性，因此几乎每一条河都有一个女神（只有黄河的河伯例外，是男性），汉水当然也有它的女神。第一章这四句，是以比兴发感叹：乔木虽然高，但是不能遮阴；仙女虽然漂亮，但是无法接近。接下来，这个青年男子就不断感慨："汉之广矣，不可泳思。江之永矣，不可方思。"广者，水面宽阔也；永者，水流之远也；"泳"就是"游泳"；"方"是木筏，竹筏称为"筏"，木筏称为"排"，排又叫"方"。他是在感叹：汉水这样宽阔，我要想游到江中去追她，实在太难；女神在顺水漂游，而江流又是那样长，流向长江，流向东海，不知哪里才是尽头，就算我游泳技术很好，比如说拿过游泳金牌，可以游到江中去，也不可能跟着她游那么远；就算我扎一个木筏去追，恐怕还没有追到她，"方"就已经散了。总而言之，女神虽然很漂亮，但是可望而不可即。

追又追不上，求又求不到，而那个女子是早晚要嫁人的，青年男子想到这里，不免有点酸楚，转而用另外的方式表达感情："翘翘错薪，言刈其楚。之子于归，言秣其马。"翘者，特出也；错薪者，薪炭林交错丛生之杂木也；刈者，砍割也；"楚"就是"荆"，就是黄荆条，是上好的木柴，烧起来最耐火。这个"言"是古代的口语，自我的代称，就是《水浒传》中鲁智深说的"俺"。这一章的前两句是一种比喻：杂树林里有各种柴火，但是我只去砍那个"楚"。实际上他是在说：世上女子虽然那样多，但我就喜欢这一个。由于这个表达既形象又贴切，所以就流传下来了，我们现在说某人是"翘楚"，就是从这里来的。后面两句让我们看到这个青年樵夫是个文明人，虽然没有人教他"八荣八耻"，但他也晓得"发乎情止乎礼"。他明白自己不可能和那个漂亮女子在一起了，就想到了人家总是要出嫁的，我既然追不上，那就把马喂好，把我砍下来的这些好柴驮去，就当是送给她的一份贺礼吧："之子于归，言秣其马。""秣"的本义是饲马的草料，做动词就是喂马；“马”要按古音读 mǔ，两句诗是押韵的。这首诗也对人有教育：你不要看他只是一个砍柴的，他品德高尚，是个君子，简直是个“gentleman”。不像现在有的人，追不到人家就用刀去戳，爱不成了就要把人家弄死，还说是“有多爱就有多恨”，简直野蛮！不过，虽然这位樵夫绅士克制了自己，以送礼的方式表达了自己的感情，但还是有些伤感，所以前面的感慨又出现了：“汉之广矣，不可泳思。江之永矣，不可方思。”重复咏叹，就见出了这份感情的深沉。

最后一章，是在重复第二章的场景和感叹，只是换了两个字，一是把“楚”换成了“蒌”，就是蒌蒿；二是把“马”换成了“驹”。意思都是一样的。然后又是重复感叹：“汉之广矣，不可泳思。江之永矣，不可方思。”这个反复出现的感叹，是这首诗的绝妙处，它所表达的那种恍然若失的感情，你要慢慢吟诵它，才能体会出来。明代有人说：“《易》之妙，妙在象；《孟》之妙，妙在辩；《庄》之妙，妙在思；《诗》之妙，妙在情。”这首诗就是通过这样的一咏三叹，把一看就忘不了，要追又追不上，恋恋不舍却又克制守礼，这么一种委婉的感情，非常微妙地表达出来，真是值得我们慢慢吟诵、细细体会。

请大家注意：我们所选的周南部分这三首诗，都没有标明作者是谁。实际上，除了很少几首被后人认定了作者，《诗经》里的诗都没有说作者是谁，其中很多诗，尤其是“二南”和“国风”部分，很可能当初就没有一个固定的作者。比如这一首，写一个砍柴青年爱上一个漂亮姑娘，却又无法迎娶回家，这是经常发生的事情，完全可能是某一个人先创作了几句，后来的人或有同感，就不断地修饰，加入新的情节，最终形成今天我们看到的样子，所以它们就无法确定作者。当时周天子专门派遣官员到各个地方去收集这些诗歌，叫作采风，这些诗只记下了流行的地区，而没有作者，这是采风的古人实事求是的表现。

邶风·柏舟

《诗经》中的“风”诗，主要是春秋时期中原一带诸侯国的诗歌，大都是各地的民歌，它们的共同特征，是带有很浓郁的地方色彩和民间趣味，好像就是那一个国家的某种风俗、风气。汉代的儒生说什么“上以风化下，下以风刺上，主文而谲谏，言之者无罪，闻之者足以戒，故曰风”。虽然“言者无罪，闻者足戒”说得很好，但是这样去理解这些诗歌，就很迂阔，属于过度解读了。

邶，读音 bèi，是一个很小的国家，但它的诗却特别好。为什么叫“邶”呢？是因为它在古城朝歌的背面。朝歌是商朝灭亡前的首都，就是武王伐纣的时候殷纣王住的地方。为什么它在朝歌北面就叫邶国呢？黄河流域的建筑物都要坐北朝南，以利于采光、取暖，这样一来，北边就是“背”，“北”在古代就读“背”。所谓邶国，就是指“在背后的那个国”。它在春秋时期很早就被卫国吞并，在孔夫子的时代已经不存在了，但是孔夫子非常公道，“国风”中保留的《邶风》篇章最多，而且那些诗确实非常好。显然，孔夫子选诗，只看诗本身的好坏，而不去管国家的大小强弱。文学和政治就应该是两个标准嘛。我从其中选了五首来讲，现在先讲《柏舟》。

“柏舟”就是柏木造的船。造船并不是所有的木料都可以用的。华北平原没有楠木，没有香樟，最好的造船材料就是柏木。这首《柏舟》跟我们前面讲的那些诗有所不同，它的作者很可能是当时卫国的一个官员，官位还不小，从这首诗里面能看出来，他在卫国朝廷里是很有地位的，却碰够了钉子，因此就写了这首诗，抒发他的愤怒和不满，以及对现实的批判。

1. 汎彼柏舟，亦汎其流。耿耿不寐，如有隐忧。微我无酒，以敖以游。

2. 我心匪鉴，不可以茹。亦有兄弟，不可以据。薄言往愬，逢彼之怒。

3. 我心匪石，不可转也。我心匪席，不可卷也。威仪棣棣，不可选也。

4. 忧心悄悄，愠于群小。觏闵既多，受侮不少。静言思之，寤辟有摽。

5. 日居月诸，胡迭而微？心之忧矣，如匪澣衣。静言思之，不能奋飞。

这首诗的一开始，是作者下了班回来，因为受了一肚皮的气，就喊仆人为他把家中的船划出去——因为他这个官当得大，家中就有船——仆人问他往哪边开，他就说：哎呀，就顺水漂、随大流嘛！这就是“汎彼柏舟，亦汎其流。”“汎”通“泛”，泛者，漂也；彼者，那个也；“亦汎其流”，就是说我们也像别人一样，随大流吧，漂到哪里算哪里。这头两句就已经是在发牢骚了。接下来两句就说明他受到了不公正的待遇，心态不好：“耿耿不寐，如有隐忧。”“耿”的本义是指耳朵发烧，它的字形就是耳旁一个火嘛。古人和今人有相近的一些迷信，认为耳朵发烧是因为有人在说他，我们小时候常听大人说：“耳朵烧，有人叨。”——这个“叨”不是“叨扰”的意思，而是泛指恶意的言语。这是因为这位官员在朝廷里面不得意，夜晚想起来心里就有气，他就想：那帮小人一定又在议论我！这样一想，耳朵一下子就烧起来了，这一烧就失眠，隐隐感到要发生什么不测，“如”在这里作“而”讲，就是还有隐忧。漂了一阵还是满心焦躁，觉得这一肚皮的气隐隐难平，喝酒都消不了愁，只好继续在水上漂起耍。他心头担忧，估计别人要整他，但是又说不清楚，有些模糊。怎么办呢？没有办法：“微我无酒，以敖以游。”微者，非也；“微我无酒”就是说不是我没有酒，也就是喝了酒还是解不了心里的忧，那就只好这么泛舟消愁。“敖”和“游”意思一样，都是出去耍。

第二章他继续在想那些不开心的事：“我心匪鉴，不可以茹。”“鉴”是镜子，“茹”在这里的意思是容纳、忍受。他说：我的心又不是一面镜子，镜子倒是什么东西都可以容忍，随便什么都可以到那里去照，它都不动感情；我的心不是那样，我是有是非判断的，容不下那些乌七八糟的事情。然后呢，他就想去找个兄弟说一下，诉诉苦，没想到刚说两句就得罪了人，那个兄弟不但不劝解他，反而冲他发怒，让他觉得这些兄弟靠不住，所以就说：“亦有兄弟，不可以据。”这里的“兄弟”不一定是同胞兄弟。从前的人，家族观念重，同一个姓的大家都结成兄弟，特别是在政界，古人非常讲究这个，你在外面，要是你的宗族、同姓氏里有很多弟兄在当官，你的处境就会好些。本来以为兄弟都应该同患难、共进退，但是我的这些兄弟靠不住，“不可以据”。这个“据”是“依据”“依靠”的意思。为什么靠不住呢？因为“薄言往愬，逢彼之怒”。薄者，迫切也，忙忙慌慌也；“言”相当于我们现在说的“那个样子”，慌慌张张的那个样子，就叫“薄言”。“愬”是“诉”的古写，“往愬”，就是到他那里去诉苦。“逢”在古代读音近 pèng，就是我们今天说的“碰钉子”的“碰”；“彼”是指那个发怒的兄弟。

接下来，这位官员一边愤愤不平，一边为自己打气："我心匪石，不可转也。我心匪席，不可卷也。威仪棣棣，不可选也。"匪者，非也；转者，转动、改变也；卷者，收卷之意也；威仪，本义是容貌端庄，在这里指做人的尊严；棣棣，本是秩序井然的意思，在这里指堂堂正正；"选"在这里读 xùn，通"巽"，屈服的意思。这一段是说：我的心不像石头，石头再大都可以转动，实在转不动的还可以用杆子去撬动，我的心无法转动，我不可能顺着他们那些人的意思打转转；我的心不是床上的席子，要就要，不要就卷起来，我的心卷不起来，我不会猥琐退避；我做人堂堂正正，有自己的尊严，不会去给那些小人赔笑脸！古往今来，这样的情形都差不多，讲原则的人，很正派的人，就是很难见风使舵，做不来那些低三下四的样子。人家说"你转变一下态度，很快就适应了嘛"，他就是转不过来。这一章里面的"匪石""匪席"，和第二章里面的"匪鉴"，一连三个比喻，用得多么好哦！

在那个小小的卫国，上有昏君，下有乱臣贼子，全是一群小人，这位官员的处境太艰难了，他在朝廷里面无法诉说，回到家里也不好说，只能一个人把忧愁闷在心里，所以他在第四章里说自己"忧心悄悄"。悄者，无声也。作为一个正人君子，当然要遭那些人的忌恨，这就是"愠于群小"。"愠"就是恨、愤怒，加一个"于"字，在这里是被动语态，是被恨、被憎恶。谁在恨？那一群勾结在一起的小人。后面的两句，是天生的一副对联，每个字都对得很工整："觏闵既多，受侮不少。"觏（gòu）者，遭遇也；闵者，忧伤也。就是说，我遭遇到的忧伤已经很多了，受过的侮辱已经很不少了。诗人并不是有意要在这里作对偶句，这是汉语言特性的自然呈现，后来才被后人发现，成为一种特定的修辞手法。面对这么多侮辱，遭遇这么多忧伤，任何人心头都难以平静，所以他越想越怄气，又无处发泄，只能捶胸顿足，抓起身边的东西来摔："静言思之，寤辟有摽。"这个"静言"不是平静、安静，而是无法说出，只能闷起想；"之"是代词，指那些屈辱和忧伤；"寤"是反方向的意思，《左传》里有一篇《郑伯克段于鄢》说庄公"寤生"，就是他妈妈生他的时候，他是倒着出来的，不像顺产的婴儿那样先是头出来。这个"辟"本来是手掌向外拍。"寤辟"就是反起拍。他拍哪里呢？那只能是拍自己的胸口，就是气得拍胸口。这个"摽"是"抛"的古字，"有摽"就是抓起东西来摔出去。这两句诗，非常形象地刻画出这位官员气到极点的样子。气成这样，我真担心他非得癌症不可。

这样的心头难受，在最后一章表现得更加细腻而生动："日居月诸，胡迭而微？心之忧矣，如匪澣衣。静言思之，不能奋飞。"这里的"居"和"诸"都是虚词，分别是"其乎"和"之乎"拼出来的发音。"日居月诸，胡迭而微？"是他在呼天抢地地发问：太阳哦月亮哦，你们一个两个为什么都是这么昏暗不明呀？"胡"就是"为什么"；"迭"是一个迭一个，一个跟一个；"微"是昏暗不明。这是在说什么？——国君糊涂，奸臣太多，让他觉得天昏地暗、日月无光。在这种情况下，他的感觉当然非常不好："心之忧矣，如匪澣衣。"这是在形容那种说不出来的忧闷烦恼，好像自己穿了一件被汗水湿透的脏衣服，浑身不舒服。澣者，浣也，"匪澣衣"就是没有洗的衣服。他的这种感受，就好像一些精神上出了问题的人，一会儿觉得手上长满了疙瘩，老是去洗手；一会儿又觉得脚上糊满了泥巴，总要去洗脚，总之就是心里别扭，觉得哪里都不对头。这个比喻之生动传神，在我见过的文学作品中，绝对是独一无二的！这么难受，他当然就想要摆脱，心想要是能够像一只鸟那样飞走就好了。但问题是他走不脱。他冷静下来一想：我是朝廷官员，我往哪里走？卫国就是我的祖国，受到排挤也是没有办法的事，我只能待在这里，我没法像一只鸟那样自由地飞出去。这就是"静言思之，不能奋飞"。烦恼莫名，却又无计可施。一个正直的人，遭遇这种昏聩黑暗的环境，卷进那些不明不白的纠纷旋涡里面去，都会有这样的感受。

一首好诗里绝没有多余的东西，每一句、每个字都是它的有机结构的一部分。比如这首诗一开始写到划船，他并没有说他是下了班回到家中，但是给我们留下了想象空间：既然提到了划船，语气又是那么不耐烦，我们就可以假设，是他在朝廷里面受了气回来，这样我们就进入了它的现场，后面的诗句理解起来就很自然了。最后这句"静言思之，不能奋飞"，我们也可以想象那个语境：他一个人在家里怄气的时候，他养在笼子里、挂在屋檐下的一只鸟突然叫了起来，顿时让他浮想联翩：我要像那只鸟一样有翅膀就好了……

我们要深入理解一首诗，需要反复多看几次，运用我们的知识和生活经验去联想、去感受，把每一个部分组装起来，就是一个现场，就是一个故事，里面的人物也就变活了。

第二章

雅

小雅·鹿鸣

什么是“小雅”，什么是“大雅”，历代的《诗经》注释者有很多种说法，但都很难自圆其说。近百年以来，研究《诗经》的专家又提出了一个新观点：所谓“雅”，是西周初年的一个音乐术语。

我们知道，《诗经》原来都是入乐可歌的，诗三百篇就是三百首歌词，而这个“雅”，指的是三千年前的一种地方音乐，流行于今天的陕西、甘肃那一带的一种唱腔。它的每一句后面，都拖出了“呜——呜——呜”的声音，拖得很长。司马迁有个外孙叫杨恽，在他写的《报孙会宗书》这封信上就说：“家本秦也，能为秦声……酒后耳热，仰天抚缶而呼呜呜。”这种“秦声”现在还残存在陕甘一带的地方戏中，我们听秦腔都还能听到，它就有大量这样的拖腔。而“雅”字最早的字义是指乌鸦，呜雅相连，所以古人就用“雅”来给这种唱腔命名。“雅”就是“呜呜之声”。命名之初，和“高雅”并无关系，后者反倒是《诗经》里的“雅”衍生出来的。《小雅》和《大雅》之间并无大小高低之别。在周代，周天子和贵族举行宴会的时候，都有乐队在旁演奏，还要唱“乐歌”。当时掌管这些表演的乐师，就把《诗经》中“雅”这一部分的作品做了分类：一类比较回避民间哀怨的诗歌命名为《大雅》，认为更适合在这种宴会上演出；另一类较多涉及了人世间的悲欢离合、种种不平甚至是抗议的作品，归为《小雅》。这就有了所谓《小雅》和《大雅》之分，但这并不意味着它们之间有高低大小的区别。其实倒是《小雅》部分的诗歌，其内涵的丰富性远远超过《大雅》。

和《国风》是“风人之诗”不同，属“雅”的这一部分诗歌是“诗人之诗”，就是个人创作，有很鲜明的个人色彩，反映的思想感情也更丰富。后人认为它们在艺术趣味上比《国风》高一些，这才有了“高雅”这种说法，雅致、文雅等等，都是由此衍生而来。

《鹿鸣》是《小雅》部分的第一首诗，它表现的是周天子宴请大夫以上的高级官员的情形。因为鹿子有一种习性，就是发现了食物之后，会发出“哟嗷——哟嗷”的叫声，呼唤同伴来一起享用。古人观察到了这个特点，就用在了这首描写宴请的诗里面，作为每一章开头的兴起之句。因为所谓请客，就是主人请客人来共享酒菜，性质相似。所以，这首诗很适合用在宴请宾朋的场合，比如唐代进士发榜后，皇帝要宴请全部中榜的进士，就把那个宴会叫“鹿鸣宴”，就是从这首诗来的。二十世纪四十年代，我们成都有一家最有名的包席馆子，店名“鹿鸣春”，命名也是从这首诗来的。这也能够看出我们成都的文化底蕴：哪怕是开个馆子，都很讲究文化渊源。

1. 呦呦鹿鸣，食野之苹。我有嘉宾，鼓瑟吹笙。吹笙鼓簧，承筐是将。人之好我，示我周行。

2. 呦呦鹿鸣，食野之蒿。我有嘉宾，德音孔昭。视民不恌，君子是则是效。我有旨酒，嘉宾式燕以敖。

3. 呦呦鹿鸣，食野之芩。我有嘉宾，鼓瑟鼓琴。鼓瑟鼓琴，和乐且湛。我有旨酒，以燕乐嘉宾之心。

第一章“食野之苹”的这个“苹”，指生长在荒野里的艾蒿；后面的“鼓瑟吹笙”和“吹笙鼓簧”的“鼓”，都是动词，敲击演奏之意。后面四句的意思，就是说我请各位嘉宾来赴宴，用音乐伴奏，还要给大家发年薪，外加年终红包。这就是“我有嘉宾，鼓瑟吹笙。吹笙鼓簧，承筐是将”。承者，端起也；是将者，把这个东西送过去也，“将”读音 qiāng。“承筐是将”就是让宫廷侍者捧着筐子送到各位大夫面前。这个筐子里面装的是什么呢？过去的研究者都没有说清楚，我把《十三经注疏》的相关内容综合比较了一下，才恍然大悟：原来周天子之所以要举行这个宴会，意义在此！这就和我们现在年终搞个团拜会一样，发慰问品和年终奖，皆大欢喜。大家不要奇怪，《十三经注疏》上面说得很明确：筐里头放的是两个部分，一部分是这些部长级别官员的年薪，另一部分是红包，红包大小还有区别。而且周天子说得很委婉，这仅仅“是将”，就是我们现在说的“经济补助”，意思是你本身是很有钱的，我这里只是给你锦上添花地补一点而已。最后的“人之好我，示我周行”，是以周天子的口吻表示谦虚：为什么我要给你们发这些补助？因为你们各位大臣爱护我、拥戴我，帮我出主意，好像给我指示大路一样。“人”在这里就是指各位大臣；“好”是动词，读去声；示者，指示也，指引也。“行”是名词，读音 háng，就是道路，“周行”就是周代修的国道。

第二章的“食野之蒿”是指青蒿，鹿子很爱吃。接下来的“我有嘉宾，德音孔昭。视民不恌，君子是则是效”，是周天子在赞美他的大臣：各位尊贵的客人，都有非常美好的名声，老百姓都看到了你们的稳重踏实，你们是他们学习的榜样。德音者，美好的名声也；孔昭者，非常明显也；视者，示也，表现出来也；“恌”是轻佻，不恌者，稳重也；“则”就是标准、榜样；效者，仿效学习也。你可以说这是周天子在给他的大臣们刷糨糊，但即便是客套话，也可以让我们看到古代社会的一些真相，就是说在这种正式场合，天子要赞美大臣。后面的“我有旨酒，嘉宾式燕以敖”，是说我有非常好的酒，请大家来高兴一尝，各位不妨放松一下。旨者，美味也；式者，试也，不妨也；燕者，晏也，安定安乐也；敖者，放松也。为什么“燕”可以作快乐讲？这也是来自日常观察。从前住的平房，门通常是开着的，燕子会到堂前筑窝，人们经常能听到堂前燕子叽叽喳喳的欢叫，所以古人就用这个字来表示欢乐的情态。

第三章“食野之芩（qín）”的“芩”也是野生草本植物，也是鹿子的佳肴。后面的“和乐且湛”，是快快乐乐喝个高兴的意思。“湛”的本音读 zhàn，本义是深的意思，比如我们说某人技艺精湛；由“深”可引申为沉，在这里就是表示沉醉之意，读音也要变为 chén。“以燕乐嘉宾之心”，就是周天子在进一步表白：我献出这些美酒，就是想让各位能好好享受、愉悦心情。

从这首诗里面可以看出，当时的君臣关系，还是相对良好的，并不是主子和奴才、老爷和应声虫的关系，当天子的不仅需要谦虚，还要感谢大臣，不像后来。主要是秦始皇起了个坏头，大臣进来就要给皇帝跪下；元、明、清的皇帝又变本加厉，这才把大臣搞得像奴才一样，再也不是“君臣共治”的关系了。

小雅·常棣

这个“常”要读 táng，通“棠”。“常棣”就是海棠，民间又叫

“棠梨”，古代又叫“甘棠”。从内容上看，这首诗的作者是一个老人，在叮嘱、教育他的儿子们，或者是家中阅历丰富、经事最多的老大哥，在给弟兄们反复讲道理，希望大家庭关系融洽，团结友爱，和睦相处。全诗可分八章，都是循循善诱：

1. 常棣之华，鄂不韡韡。凡今之人，莫如兄弟。
2. 死丧之威，兄弟孔怀。原隰裒矣，兄弟求矣。
3. 脊令在原，兄弟急难。每有良朋，况也永叹。
4. 兄弟阋于墙，外御其务。每有良朋，烝也无戎。
5. 丧乱既平，既安且宁。虽有兄弟，不如友生？
6. 傧尔笾豆，饮酒之饫。兄弟既具，和乐且孺。
7. 妻子好合，如鼓瑟琴。兄弟既翕，和乐且湛。
8. 宜尔室家，乐尔妻帑。是究是图，亶其然乎。

第一章用甘棠花来比喻兄弟关系，说明这个诗人不仅观察得仔细，而且很有植物学知识。一朵花是由四部分组成的：花瓣、花蕊、花萼和花托，它们是相辅相成的。我们说一朵花开得好看，那就是四者都有功劳，是互相映衬的，或者说它们是一荣俱荣的。这就是“常棣之华，鄂不韡韡”。鄂者，萼也，就是托着花瓣的淡绿色的萼片。这个“不”字，原来造字的时候就是指花托，不是我们现在使用的否定的意思，不是英文中的 no 或者 not，它是一个象形字，拟像于花托和花茎顶端相连的那一部分。我们还可以从“不”字参与的其他字义中得到印证，比如“杯”，就是这种容器和花托形状相似；又比如“胚”，和花托要孕育花的种子有关。“韡韡”通“烨烨”，就是康熙皇帝的名字玄烨中的“烨”，是有光辉的意思。花怎么会有光辉呢？

那是因为花开得很漂亮，显得光鲜。东汉年间的《古诗十九首》里，就有“伤彼蕙兰花，含英扬光辉”。将兄弟关系比作花朵、花萼和花托，贴切形象，后来就有很多人沿用，比如唐玄宗当了皇帝后，专门修了一座楼台来款待他的皇兄、皇弟，就取名为“花萼相辉楼”。

第二章说兄弟之间感情至深：“死丧之威，兄弟孔怀。原隰裒矣，兄弟求矣。”“威”和“歪”意义相近，至今都还保留在我们四川话里面，我们说某人要威风，就说他“歪得很”。死丧之事很无情、让人无奈，所以说它“威”。你死了以后，只有弟兄还非常怀念你，就是“兄弟孔怀”。无论你埋在哪里，弟兄都要来上坟祭奠，要为你捧土添坟。原者，荒原也；隰者，低湿之地也；“裒”读音 póu，从字形上一看就能明白它的意思：在衣服中间，有两只手捧过来。求者，恳请也，甘愿也，设法以获也。

第三章用鸟儿落难后的情况来说明兄弟情深：“脊令在原，兄弟急难。每有良朋，况也永叹。”“脊令”就是鹡鸰，一种生活在水边的鸟，我们四川人喊“点水雀儿”，它的叫声是“jílíng jílíng”的，这种汉字命名就叫“其名自呼”，就是说读音是从被命名物体所发出的声音而来。原者，山原也，无水之地也，“鹡鸰在原”就是落难了，没吃没喝了。这时也只有它的兄弟会为它着急，会去救它，朋友再多，也只是空发叹息而已。急者，着急也，救急也；每者，多也；况者，空也；永者，长也。

第四章就是正面教育了：“兄弟阋于墙，外御其务。每有良朋，烝也无戎。”兄弟之间，即使平时也有争吵，甚至内斗，可一旦外敌打上门来，兄弟们就会团结起来一致对敌，朋友再多，关系再好，遇到这种事情，他顶多也就是来帮你说说话，不会拿起武器来帮你打敌人的。只有亲弟兄才会帮你拼命。阋者，争吵也，引申为互斗。这个字外面不是“门”，正体字是斗争的“斗”，一下你就懂了，简体字变成一个“门”，就完全不可解。墙者，院墙之内也；务者，侮也；无戎者，没有武装也。

第五章是感叹：“丧乱既平，既安且宁。虽有兄弟，不如友生？”遇丧遇乱，都能见出兄弟情深，为什么平时反而不能友好相处，难道弟兄之间还不如朋友吗？生者，人也，“友生”就是友人。我相信写这首诗的人，一定有很多弟兄，对这些事都亲历过，感受很多，不然写不出来的。

第六章是劝勉：“傧尔笾豆，饮酒之饫。兄弟既具，和乐且孺。”弟兄之间，同餐共饮，是多么快乐的事情啰！傧者，摆出来也；“笾”和“豆”都是古时候的餐具，笾是竹编的盘子，盛放面饼、馒头之类；豆是一种高脚碗，装肉类食品。从唐代以后我们有了桌椅，所以就看不到这种高脚餐具了。尔者，你们也。“饫”读音 yù，非正式私家宴会也。这个“具”就是“俱”，兄弟们聚齐了，就是“兄弟既具”；孺者，和睦相爱也。

第七章和上面相同，但是更进一步，不仅是兄弟之间，包括兄弟的家人之间，也是如此：“妻子好合，如鼓瑟琴。兄弟既翕，和乐且湛。”这里的“妻子”是指妻和子，包括了嫂子、弟妹、侄儿、侄女。这些内眷都请到一起，大家和和气气欢聚一堂，就像演奏琴和瑟一样，其乐融融，足以让人沉醉。“好”读去声，爱好也；合者，聚合也；翕者，协也，协调相容也；湛者，沉醉也，前面《鹿鸣》刚刚讲了。

最后一章，诗人告诫这些兄弟：搞好家庭团结，使家人快乐，这件事应该好好掂量，仔细用心——“宜尔室家，乐尔妻帑。是究是图，亶其然乎。”宜者，理顺摆平、弄妥帖也；“帑”字通“孥”，就是子女；究者，考究、研究也，好好琢磨也；图者，图谋，在这里是用心思量的意思。“亶”字本义是诚然、信然、实在，在这里读 dāng，通“当”，作应当、相称讲。大家可能会问：“宜”字怎么会是弄妥帖、搞巴适（四川话，舒服、很好之意）的意思呢？它的甲骨文字形，就是家中有双倍的肉食储存，那还不巴适？意思一下就明白了。

小雅·大东

这首《大东》，在《诗经》中的地位非常重要，它写的是西周末年的民间疾苦和对周幽王暴政的抗议。

西周的首都镐京在陕西。当时把潼关以东都称为“东”，距离远的叫“大东”，距离近的叫“小东”。这种分法，类似于我们今天以欧洲为原点，把亚洲分成近东、中东和远东。山东那边就属“大东”，大东往西，河南东部那一带，就叫“小东”。西周末年，今天的山东济南西边一带，有个叫谭国的小国，要给周天子进贡丝织品，派了一个大夫押运，他们要从山东向西进入河南，再横穿河南进入陕西，最后到达镐京，可以说是千里迢迢。谭国说起来是一个“国”，其实就是个小县城，非常穷，而且只有一样特产，就是蚕丝和丝织品。当时的周天子是周幽王，“烽火戏诸侯”的主角。他不只是个糊涂虫，还压榨东方各国。这个谭大夫要押运很多车丝织品去进贡，深深感到愤怒、不平，就写了这首抗议的诗。

1. 有饛簋飧，有捄棘匕。周道如砥，其直如矢。君子所履，小人所视。眷言顾之，潸焉出涕。

2. 小东大东，杼柚其空。纠纠葛屦，可以履霜。佻佻公子，行彼周行。既往既来，使我心疚。

3. 有冽氿泉，无浸获薪。契契寤叹，哀我惮人。薪是获薪，尚可载也。哀我惮人，亦可息也。

4. 东人之子，职劳不来。西人之子，粲粲衣服。舟人之子，熊罴是裘。私人之子，百僚是试。

5. 或以其酒，不以其浆。鞙鞙佩璲，不以其长。维天有汉，监亦有光。跂彼织女，终日七襄。

6. 虽则七襄，不成报章。睆彼牵牛，不以服箱。东有启明，西有长庚。有捄天毕，载施之行。

7. 维南有箕，不可以簸扬。维北有斗，不可以挹酒浆。维南有箕，载翕其舌。维北有斗，西柄之揭。

这首诗很长，可以分作七章来讲。

第一章开头就说有满满一大碗饭，有那种把子很长的舀饭的枣木瓢儿。“饛”读音 méng，是形容词，食物盛满器皿的样子，就是我们现在说的“冒”。“簋”读音 guǐ，是一种有两个耳朵的大碗，用来装菜装饭的。“飧”读音 sūn，本义是下午的饭，这里就代表饭食。从前华北平原的人，一般一天只吃两顿，从远古一直到民国时期，都是这样，所以他们的饭食只有两个名字，早上那一顿叫“饔（yōng）”，黄昏这一顿就叫“飧”。“飧”字左边有个“夕”字，“夕”就是天都快要黑了，这是个会意字。“捄”有两个读音，jiù 和 qiú，这里是后一音，做形容词，形容把子非常长。什么东西的把子？“棘匕”，就是酸枣木削成的饭勺。“棘”是酸枣树，“匕”是勺子。

一上来就说这些，似乎有点莫名其妙，但你仔细一想就明白了：押运丝织品的车子已经在路上走了，车是要人来拉的，就是服劳役的谭国的老百姓。那个时候，周幽王不会设驿站来接待这些进贡的人。他们长途搬运，要自带伙食。这些谭国的役夫沿路步行，非常辛苦，饥肠辘辘的人就要想到吃食，所谓“饥者歌其食”也。

前面两句也是诗的“起兴”，接下来马上就说到了实质性的问题：“周道如砥，其直如矢。君子所履，小人所视。”这是双关语。“周道”可以有两种理解，一是周朝修的国道，二是周朝初年实行的那些政策。“砥”读音 zhǐ，磨刀石，磨刀石的表面是非常光洁平滑的；“矢”就是箭，也表示射出去的箭。所以前面两句诗，好像在说道路又平又直，实际上是说周朝的政策本来是非常好的，执行起来非常顺畅。后面两句诗就是一种呼应：“君子所履，小人所视。”君子者，当官之人也；履者，履历也，经历过也。“小人”在这里是指老百姓；视者，看见也。谭大夫的意思是说：西周当年的好政策，我们这批当官的亲自执行过，老百姓也亲自看见过，可以做证明；当初周天子的赋税政策不偏不倚，非常公平，是善待诸侯国和老百姓的。

第一章的最后两句，既是对那种政策的怀念，也是对周幽王当道表达的不满和悲愤。眷者，回头看也；“言”是虚词；“潸”读音 shān，意思和“散”差不多，泪流纷纷谓之潸然；“涕”本义是鼻涕，但是眼泪也可以叫涕。“潸焉出涕”就是涕泣交织。谭大夫想起了以前，国家有好政策的黄金时代，忍不住就哭起来了。这就是说现在周幽王是个昏君，强加的进贡任务不堪忍受，让我们吃尽苦头，让人伤心。

前面怀念了好时代，第二章就控诉当下的不公平。前两句是说小东以及大东地区的各国，当然包括谭国在内，被搜刮一空：“小东大东，杼柚其空。”就是说我们织的丝织品全都拿去进贡了，织布机的卷轴上面，梭子上面，无不被搜罗一空。杼者，机杼也，就是织布机的梭子；“柚”在这里不读 yòu，读 zhóu，通“轴”，就是织布机上的卷轴，用来卷收织好的布的。后面的诗句，就在诉说路上的情形：“纠纠葛屦，可以履霜。”是说已经是秋天了，地面有霜，我是能吃苦的，穿着葛鞋虽然不能御寒，照样在打了霜的地上走。“纠纠”是绳索缠结缭绕之状；葛者，葛藤也；屦者，麻鞋也。谭国无非就是一个县那么大，这个大夫最多就是一个科长而已；谭国又很穷，科长自己都穿葛鞋，可见谭国已经被搞得很穷了。

谭大夫倒是吃得了苦，但他还看见谭国那些公子，一个个都很瘦弱，身材就像竹竿一样，也和他一样受苦受累，还要在运输队伍两头照看，跑来跑去，他于心不安，非常内疚：“佻佻公子，行彼周行。既往既来，使我心疚。”“佻佻”是形容身材高挑瘦弱；行者，行走也，在“周行”上奔波也；“既往既来”就是反复往来。搬运队伍里为什么会有“公子”呢？因为车子太多，需要编组管理，谭大夫一个人照顾不过来，只好发动谭国国君下边那些儿子、侄儿，全部喊来押运。这一走就是一千多公里，不要说那些老百姓，就连这一群谭国的贵族少年，都一样地吃苦。这里的“来”读音和“疚”的古音同韵，所以用古音来读这两句诗，也是押韵的。

队伍走到黄昏，需要停下来打柴煮饭。那时候没有煤，更没有煤气罐。不砍柴就没有办法做饭吃，所以柴是很重要的。这个事并不简单，还有许多麻烦，谭大夫又有病在身，又吃了很多苦头。这就是第三章：“有冽氿泉，无浸获薪。契契寤叹，哀我惮人。薪是获薪，尚可载也。哀我惮人，亦可息也。”冽者，寒冷也。“氿泉”是什么呢？泉水分两种，一种是流淌而出的，叫源泉；还有一种是岩石侧面涌出来的，就叫氿泉，“氿”读音 guǐ。地面有霜，就是深秋了，泉水当然就是冰冷的，所以说“有冽氿泉”。“无浸获薪”是说不要把我们砍的柴打湿了，“获薪”就是已经砍好的柴。“契”在这里要读 kè，据我的考证，这个字就是“咳嗽”的“咳”；寤者，忤也，气不顺就叫逆气，逆气就是寤；叹者，喘气也。“契契寤叹”就是不停咳嗽，又大口大口地喘气；“哀我惮人”就是可怜我们这些有气喘病的人，“惮”就是哮喘。谭大夫可能有肺气肿或者哮喘病，这类病人一干重活就会一直喘气。

谭大夫看到柴要被泉水打湿了，赶紧指挥大家去搬。他是个好人，肯定也亲自参与，结果搬了下来就开始咳嗽喘气，一边坐在那里喘，一边就自顾自怜地哀叹。——写得好形象啊！后面四句就是谭大夫哀叹的内容：“薪是获薪，尚可载也。哀我惮人，亦可息也。”——那些柴反正是砍来烧的，打湿一点也不要紧，装在车上拉起走，明天还可以烧；可怜我这样的哮喘病人，累成这个样子，也该休息一下了吧！

休息下来，他就好受吗？不是的。他从眼前的劳累，想到了现在的政策不公，在心里开始数落，这就是第四章的内容。首先是待遇不公：“东人之子，职劳不来。西人之子，粲粲衣服。”我们东边这些小国的子弟，这样卖苦力，还没有报酬；那些西边的贵胄子孙，一个二个穿得光鲜华丽。“子”在这里指子弟；“职劳”就是当差劳动，就是他们这种长途搬运；来者，赉（lài）也，奖赏的意思，“不来”就是没有报酬。谭大夫在这里控诉了周幽王不体恤下人，这么重的工作，要喊我们义务劳动，不给钱，不管饭，一切自己解决。“西人之子”指西边的那些贵族的子弟；“粲”的本义是白得发亮的上等白米，引申为光鲜美好。

不但东、西两边的子弟处境不公平，中央政府给东边的小国配的劳役也是瞎指挥。就好像要船夫的子弟去上山打猎，还要打熊罴那样庞大的猛兽，简直是乱来！这就叫“舟人之子，熊罴是求”。而西边那些贵族，连跑腿的仆人的子弟，个个都在当官，基层官员的职位都被他们占完了，这就是“私人之子，百僚是试”。私人者，私家人也，就是当官的底下那些为他跑腿的人。以前这个界限是很分明的，当官的是公家人，官员自己喊来当下手的就叫私家人。谭大夫觉得这种不公太过分了，越想越怄，越说越气：上面给有些人包酒食，但对待另外一些人，连口水都不给喝；你们尽奖励那些毫无所长、一点功劳都没有的人，这就是“或以其酒，不以其浆。鞙鞙佩璲，不以其长”。什么叫浆？比如熬点茶、熬点姜开水，这些可以解渴的，都叫浆。“鞙”通“琄”，琄琄是美玉之貌；“佩璲”是佩在胸前的玉制奖牌，就像我们今天的奖章。这当然还是在控诉周幽王的政策，对东、西两边太不公平了。

谭大夫想着这些事情，想来想去不安得很，睡不着觉。正是深秋时节，天上星星最多，银河也历历在目，他看着种种天象，想到这个世上种种不平，继续控诉抗议，这就是全诗最后三章的内容。

首先他说：“维天有汉，监亦有光。”汉者，天汉也，就是银河；监者，鉴也，就是镜子。这个“鉴”字的甲骨文，下面是一个装着水的器皿，上面是一个人瞪大眼睛在看。古人没有镜子，就用盆子装水当镜子，这就是“鉴”字的由来。谭大夫抱怨说银河还不如镜子，有光无影，没得用处。他为什么这么说呢？因为他下面紧接着就在“问天责天，实怨周室”，就是借用天象继续他对周幽王的控诉。

接着他说织女星：“跂彼织女，终日七襄。虽则七襄，不成报章。”织女星在天河的西岸，由三颗星组成，被古人想象成一个女子端坐，两脚分开踏着织布机，就是“跂”。什么叫“七襄”？“襄”是古代的计时单位，就是一个“时辰”，它是从天文学来的。中国古代天象学把黄道分为十二宫，每一宫是两个小时，从晨到暮是七个时辰，从暮至旦是五个时辰，织女“终日七襄”是谭大夫的想象：织女整个白天都在织布。但是“不成报章”，就是没有织出任何图案来。报者，回环往来也；章者，图案也。结论很明确：织女星徒有其名，什么都没织出来。

再看银河东岸的牵牛星，看上去那么明亮，但是没看到它在拉什么车：“睆彼牵牛，不以服箱。”“睆”读音 huàn，明亮之貌；“服”在这里做动词，服劳役拉车也；“箱”通“厢”，就是车厢。言外之意就是：牛本来应该是拉车的嘛，你不拉车，叫个什么牛呢？

然后又说到启明星、长庚星和毕宿星座：“东有启明，西有长庚。有捄天毕，载施之行。”东启明、西长庚其实是同一颗星，就是金星，但是它黄昏时在西边出现，黎明前在东边出现，被古人误以为是两颗星。毕宿八星的分布好像是一个有长柄的捕兔网，所以说是“有捄天毕”。什么叫“载施之行”呢？我们前面已经知道，“行”做名词的时候是指道路，这里指天上的黄道带，是日月运行的轨道；施者，设施也，安放也。你那个捕兔的网子安放在日月运行的轨道上，起个什么作用？网月亮还是网太阳呢？谭大夫的意思很明白：什么东启明啦，西长庚啦，都和毕宿八座一样，全都是徒有其名而已。

最后说到南方天空的箕宿和斗宿。“维南有箕，不可以簸扬。维北有斗，不可以挹酒浆。”箕宿的得名，是因为它的四颗星构成一个簸箕的形状；斗宿则是因为它的七颗星构成一个带柄的舀酒瓢，这种舀酒瓢就叫“斗”。挹者，舀也。这个什么箕啊斗啊，也是派不上用场的，一个“不可以簸扬”，一个“不可以挹酒浆”。不仅如此，你们两个还一个“载翕其舌”，一个“西柄之揭”。翕者，吸也。箕有舌当然是谭大夫的想象，觉得它就像那种口子往外伸成一个圆弧的撮箕一样，好像是长伸着舌头，不晓得要来吸食什么东西。揭者，举也。这也是谭大夫的想象，说南斗的斗柄朝西，好像要让西边那些人来抓住它，朝我们东边伸过来，不晓得要来舀什么。结合这个“西”字，我们就能明白，谭大夫还是在说周幽王偏心乱整，总是让西边来刮我们东方。

全诗就在这样一阵“责天问天”的控诉中结束了。

这个谭大夫不简单，他不仅体恤下情，和大家同甘共苦，还懂天文学，而且有勇气来写诗控诉。孔夫子说诗“可以兴，可以观，可以群，可以怨”，这个就叫怨。怨就是发牢骚，就是要允许人利用诗歌来发泄他的不满，包括抗议。这也是古代诗歌的一个重要功能。不要小看古代的统治者，他们不仅没有去抓这些“对现实不满”的人，还派人把这些诗歌收集拢来，还要“采诗夜诵”，就是通过这些诗去了解社会舆论，作为施政的参考。这是很有见识的，也是一种上下交流的管道，他知道，归根结底，听到这样的意见，对他是有好处的。

大雅·緜

我们已经讲过，《大雅》和《小雅》有很大的不同。《小雅》中有很多作品，是揭露社会的不公，诉说个人的不幸和痛苦，所以怨和诽是《小雅》的主要特点。“怨”是诉说委屈，“诽”是批评，但是它们都还没有到愤怒的程度，所以叫“怨诽而不怒”。《大雅》部分不是这样。因为它一般是在一些特别正式的场合演唱，所以它很少抱怨和批评，而更多的是讲故事。《大雅》有三十多首诗，基本上是叙事诗。我只选了其中的一首，是讲周部族的古老故事，也可以说是周部族的英雄史诗。

岐山下面的周原，是周部族的发祥地。《緜》这首诗，可分为九章，叙述了周部族从哪里迁到周原，怎样在那里开辟田原、创建王国。其中主要歌颂了周部族的两个英雄人物，古公亶父和周文王。

周部族早期的生息之地，是在周原以北，一百多里之外的杜水流域，因为经常受到夷狄（就是北方少数民族）的骚扰，他们搬迁了好几次，先是迁到沮水流域，然后又迁到漆水流域，夷狄的侵害仍不停止。周部族早期的一位酋长亶父，曾经想用贿买的方式求得安宁，向夷狄的酋长献皮币、牲畜和珠玉，但都不见效，夷狄明确告诉他：我们就是要你们的土地。亶父思来想去，觉得以避免矛盾为好，就开始和他的妻子姜女往南方勘察，寻找合适的地方，就这样找到了周原。第二年，他就召集本族的长老开会，宣布说："土地是拿来养活人的，我们不能为了养活人的土地而去杀人。所以我决定南迁，避免和夷狄的冲突。愿意这样的人就跟我一起走，不想走的就留下来，和夷狄的人好好相处。"结果全族的人都跟着他走了，周部族就这样来到了岐山脚下的周原。这一首《緜》，就从讲述这件事开始。

1. 緜緜瓜瓞，民之初生，自土沮漆。古公亶父，陶复陶穴，未有家室。

第一章是追溯往事。"緜"和"绵"是一对古今字。"瓞"读音dié，就是结在靠近根部的小瓜。瓜的生长特点，是随着瓜藤向外生长，离根部越远的瓜结得越大，这就叫"緜緜瓜瓞"，这里是比喻一代胜过一代。民者，人也，这里就指周人。这个"土"是"杜"的通假，指杜水流域；"沮漆"指沮水流域和漆水流域。它们都在今天的陕西省中部。“亶父”读音 dǎn fǔ，“亶”是这位酋长的名，“父”是对他的尊称。陶者，掏也，做动词；“复”通“寝”，是向下挖出的地洞，类似于现在北方的“地窝子”；“穴”指窑洞。“陶复陶穴”就是挖地洞、挖窑洞，以此为居。当时还没有修房造屋，更没有宫殿，所以下一句说是“未有家室”。家者，民居之屋也；室者，宫室也。

2. 古公亶父，来朝走马。率西水浒，至于岐下。爰及姜女，聿来胥宇。

第二章就是写古公亶父和他妻子姜女秘密考察周原。来朝者，第二天早晨也，这是说考察一早就出发了。率者，顺着也；“西水”指渭水。“率西水浒，至于岐下”就是沿着渭水边往西走，走到了岐山脚下。聿者，于是也；胥者，秘密也；“宇”的意义是整个空间世界，也可以指上下四方，这里可以理解为地理环境。“聿来胥宇”就是“于是秘密地考察了岐山脚下的地理环境”。

3. 周原膴膴，堇荼如饴。爰始爰谋，爰契我龟。曰止曰时，筑室于兹。

第三章写他们在考察时的观感，以及怎样做出决定的过程。“膴”读音 wǔ，土地肥美之意。“堇”是紫花地丁，“荼”是苦苣，它们都是可供食用的野生植物，都有微苦的味道。饴者，饴糖也，就是粮食作物熬制的糖稀，这里可理解为“甜”。前两句是说亶父和姜女看到周原土地肥沃，花草茂盛，而且连本来味苦的野生植物都带着甜味，说明土质很好。这一切让他们很满意。但在那个时代，这么重大的决定，是必须占问天意的。后面四句就写亶父和姜女不仅进行了一番谋划，而且用龟甲来占卜，占卜的结论是这个地方非常理想，很符合天意，可以定居。始者，开始也，“爰始爰谋”指亶父和姜女开始谋划。契者，用刀刻画也。“爰契我龟”就是记录龟甲占卜所得的结论。“曰止曰时”这两个“曰”不是亶父和姜女在说话，而是占卜的结论，好像天神在告诉他们一样。告诉的是什么？“曰止曰时，筑室于兹”。止者，定下来也；时者，是也，表示肯定；筑室者，修建房屋也，可以安家也。“兹”是代词，就是“这里”“这个地方”。

4. 迺慰迺止，迺左迺右。迺疆迺理，迺宣迺亩。自西徂东，周爰执事。

决定一旦做出，周部族的先民们就雷厉风行地行动起来。“迺”同“乃”，相当于我们口语所说的“于是就”；慰者，安也，安下心来也；止者，定也，这里是指定居。“左”和“右”是说测定方位，因为建房必须坐北朝南，这样定位以后左边就是东方，右边就是西方。“疆”和“理”是《信南山》里同样的意思，开始划定疆界、治理土壤。“宣”通“渲”，排水的沟渠；“亩”做动词，可理解为丈量田畴。徂者，去也，往也。“自西徂东”就是在田野里修好农事所需的阡陌道路。周者，普遍也，全都也，比如我们现在说“一体周知”，就是“全都知道”的意思。执事者，执行事务、具体干起来也。这一章所描写的就是一系列的具体行动：大家安心定居下来，测定方位，平整土地，掏挖沟渠，修好道路，各司其职，一片积极行动的忙碌景象。

5. 乃召司空，乃召司徒，俾立室家。其绳则直，缩版以载，作庙翼翼。

周部族到周原定居，正是从游牧文明转向农耕文明的过渡期，整治田亩是安排基本的生产基地建设，要放在首位，但是也需要生产生活一起抓，所以第五章就写他们如何规划、修房造屋。司空是主管工程的官员，司徒是管理劳动队伍的官员。俾者，使也，安排也。“绳”和“缩版”都是修房子的必备工具，前者指绳尺，用于丈量地基；后者是筑墙用的夹板。最后的“庙”不是一般的庙宇，而是宗庙，相当于北京天安门东边的明清皇室的太庙，就是供奉祖宗灵位的地方。这对古人来说也是非常重要的大事，所以不仅要放在前面来安排，还要考虑得特别仔细。翼翼者，小心翼翼也。

6. 捄之陾陾，度之薨薨。筑之登登，削屡冯冯。百堵皆兴，鼛鼓弗胜。

第六章是描写他们修房造屋的劳动场面。“捄”和“纠”也是一对古今字，“纠”的本义是聚合拢来，这里是说聚土装车，运去筑墙。“陾陾”读音 réng réng，就是隆隆，用车运土时的车轮滚动之声。“度”在这里应读成 duó，就是倒土，后面的“薨薨”也是象声词，就是倒土的“轰轰”之声。“筑”是用杵夯土筑墙，“登登”是象声词。“屡”通“塿”，指地表凸起的小土包；“削塿”就是用棒槌一类的工具去把不平整的地方捶平；“冯冯”读音 píng píng，这里是把土捶平的声音。诗人用各种各样的声音来表现这个劳动场面，写得好不热闹，说明他对这个场面充满了赞美的激情。因为这才是真正的英雄行为：在一片荒芜的小平原上开辟自己的家园，还要修建这么多房子，包括祖庙和这么多人的居室，这是在为一个国家的立国、兴盛创造基本的物质条件啊！最后两句“百堵皆兴，鼛鼓弗胜”，是对这个劳动场面的一个很精彩的总结：它不是直接说大家干得多么起劲，而是说就连在旁边打鼓的人都累得不行了。“鼛”读音 gāo，就是大鼓。“百堵皆兴”指到处都在筑墙，夹板装土五板为一堵。这种突出细节的侧面描写和前面那一串用声音来写劳动场面一样，都是一种艺术的观察视角。这样的表现手法，比平铺直叙要更加感动人。

7. 迺立皋门，皋门有伉。迺立应门，应门将将。迺立冢土，戎丑攸行。

第七章是具体写他们如何修建王城，就是首都的中心。“皋门”是王城中最重要的城门；“伉”就是高；“应门”是王宫的正门；“将将”就是“强强”，说它修得很庄重严整。“土”和“社”古代是一个字；冢者，大也；“迺立冢土”就是修建一个大大的供土地的坛，相当于北京中山公园的社稷坛。最后两句是说社稷坛的重要性——“戎丑攸行”，就是各种政策都在那里宣布。“戎”指军事任务；丑者，俦也，本义是“类”，类似于哲学上所说的“范畴”，这里指民事政务；攸者，皆也，全都也；行者，通过也。

8. 肆不殄厥愠，亦不陨厥问。柞棫拔矣，行道兑矣，混夷駾矣，维其喙矣。

第八章是叙述周国制定的对外政策和实施效果。“肆”是虚词，近似于“既”，纵然、虽然之意；殄者，尽绝也，可引申为消除之意；愠者，不满也，怨愤也；“厥”的本义是人昏过去，但这两个“厥”只是借音，都读 qí，通“其”。“大放厥词”就该读“大放 qí 词”，是一个人说个没完的意思。很多人以为“厥”就是坏，结果读成了“大放 jué 词”。“肆不殄厥愠”就是“虽然我们不消除自己的愤怒”，就是说我们周国今后不要一忍再忍了，人家实在对不起我们，我们就不要忍，就要抗争。但接着更强调的是“亦不陨厥问”，就是也不要因此就失去外交礼仪，还要尽量与邻国友好。陨者，毁坏也，可引申为中断、失去；国与国之间的外交就叫“问”。从这两句诗中，可见周国制定的对外政策是以友好为本，但基本的原则问题绝不让步，这是很高明的。“柞”“棫”都是小灌木，派不上大用场，只能拿来当柴烧，它在国境边界上长了很多，现在要把它们挖了，修好道路，相当于国境保卫措施。这就是“柞棫拔矣，行道兑矣”。“兑”就是“通”。最后两句“混夷駾矣，维其喙矣”，是说他们这个政策执行得很好，把侵略者打得狼狈逃窜。“混”读 kūn，通“昆”，“昆夷”就是犬戎，它多次侵犯周部族；駾（tuì）者，奔逃也；“喙”本义是嘴巴，在这里是指喘气，说昆夷逃跑时跑得上气不接下气。通过这一章的描写，我们知道在王城建好以后，亶父顺理成章地由酋长升为国君，各种国事的开展也变得非常正式，周国就这样正式建国了，周国的声望也就逐渐扩展开来。从历史上看，这一章里所说的这些事情，主要是在周文王时期完成的。当然，那个时候统治整个中国的中央政府还是殷商朝廷，殷纣王只是把周文王封为“西伯”，意思就是你算西边的大国。伯者，老大也。

9. 虞芮质厥成，文王蹶厥生。予曰有疏附，予曰有先后。

予曰有奔奏，予曰有御侮！

最后一章包含了一个很有趣的故事，也是周部族的光荣。亶父去世多年以后，周国在文王的治理下日益强大，声望也越来越高。虞国和芮国是两个小国，多年来争土地，相互打冤家，一直解决不了，这时就来找文王仲裁。两个国君进入周国国境，发现人家周国这里，农夫之间在“让界”，路上行人在“让道”——这种风气现在在欧美国家还能看到，我们三千年前就有了——那两位国君就很惭愧，觉得自己连周国的农民都不如，干脆不争了。诗歌没有像散文交代得那么清楚，只是强调了其中最生动的一个细节：“虞芮质厥成，文王蹶厥生。”质者，对质也；厥者，其也；成者，成功也；“质厥成”就是周文王仲裁成功了。“蹶”是感动；生者，性也；“蹶厥生”就是改变了那两个国君的本性，使他们知道互相礼让。两个国君很受感动，就问文王的治国经验，最后就是文王的回答：“予曰有疏附，予曰有先后。予曰有奔奏，予曰有御侮！”“予曰”是文王的自称，相当于“我认为”之意。他强调的是“四有”，第一是“有疏附”，就是能让疏远的来靠近，疏者，疏远也，离心离德之人也；附者，附着也；亦即我们有这样的政策和大臣，使远人来归。用现在的话说就是可以让大家“紧密团结在党中央的周围”。第二是“有先后”，就是对不同情况要区别对待，“以先进带动落后”，不要急于求成，强求一律。第三是“有奔奏”，就是能够使四面散开者回头聚拢，就是有凝聚力；奏者，凑也。第四是“有御侮”，就是有坚强的国防，能有效抵御外侮。这四个“有”非常之经典，既是对两位小国国君的回答，也是周文王对本国何以能够强大起来的经验总结。

谁说中国没有史诗？这首《緜》就是周部族的史诗。这里有部族的发祥，也有国家的奠基，还有各种热烈动人的场面描写，而且写得非常宏大、很有气势，另外还包括生动有趣的故事传说。虽然它不像《荷马史诗》那样去写征服和战争，但同样是英雄史诗，是我们东方的英雄史诗。

第三章

颂

周颂·天作

从这一讲开始，我们进入《诗经·颂》的部分。

“颂”这个字的本义，不是我们现在使用的颂扬、赞颂的意思，差距很大。古人有一种叫“音训”的办法，是用声音相同或相近的字，来解释某个字的字义。对这个“颂”字，古人的解释就是“颂者，容也”，也就是我们今天说的“形容”。“形”是指身体的体形，“容”是指面部的表情，这两样合起来就叫“形容”。这还是不够清楚，还得进一步说：身体及其所做的各种舞蹈动作，都是“形”；舞蹈者的面部，包括所展现的表情，口里的歌声，还有歌声所表现的情感，都可以叫“容”。把这两个意义上的“形”和“容”加拢来，就是“颂”。而“颂”的右边是一个“页”字旁，“页”的象形字就是画的一个人的面部，代表表情。简而言之，“形”就是跳舞，“容”就是表情和唱歌。这样我们就明白了，《诗经》里的“颂”，实际上是指歌舞表演，把这些表演中的歌词收进来，就成为《颂》。

《颂》只收了三部分：《周颂》《鲁颂》和《商颂》。《周颂》是周朝留下来的宫廷歌舞表演中的歌词；《鲁颂》来自鲁国宫廷的歌舞表演；《商颂》则是保留在宋国的商朝歌舞表演的歌词。这个宋国比较特殊，它是周朝灭了商朝以后，专门留给商朝遗民居住的一块地方，大约在今天的山东、河南、安徽三省交会的地方。周朝允许他们有国家，还有武装，当然也允许他们进行各种宗教祭祀活动，所以商朝的这些歌词就保留下来了。

我们今天讲的《天作》，是《周颂》里的一首诗。它虽然很短，但是气势宏大，追溯久远，我估计很可能是周王室对着岐山，就是周王朝的发祥地，在举行盛大的祭祀活动的时候演唱的。我们在《緜》里已经知道，岐山和它脚下的周原，是周部族好几代人开发建设出来的，对周王朝极其重要，它的王朝叫"周"，就是从周原的地名来的，所以这样的祭祀活动一定非常隆重，所歌唱的内容，也很有历史感，十分庄严。我们甚至可以把它看作是周朝的"国歌"。

天作高山，大王荒之。
彼作矣，文王康之。
彼徂矣，岐有夷之行。子孙保之。

歌词第一行，是说这一座高山由老天爷所造，由古公亶父所开拓。天者，上天也，周部族也信"上帝"，但指的是天帝，就是天上的主宰。如果你不信宗教，也可以把这个"天"理解成大自然。作者，建造也；高山指岐山；大王要读 tài 王，就是古公亶父。这里的"荒"是个借字，应该读成 kuàng，意思就是"扩大"的"扩"。我在当学生的时候，所有老师都把"扩"读 kuàng，至今台湾地区还是这样的读音。"荒之"意思就是把它扩大。

第二行，是说它在太王的努力下逐渐扩大，建设了一个农业发展的周原，就是"彼作矣"。"彼"是指古公亶父。然后经过周文王的治理，得以兴旺发展和安康，建成了稳定安全的根据地，就是"文王康之”。“康”在这里做动词，意思就是使之安康、平安无事。因为文王为治理周原花了相当长的时间，付出了多方面的努力，才使这片土地在安定的环境中继续维持、扩张下去，把它建成了周王朝的根据地，老百姓的日子也过得越来越好。

第三行，“彼徂矣，岐有夷之行”，是说亶父、文王去世以后，岐山和周围区域构成的一片领土，有了一条平坦发展的大道。这就相当于我们现在说的，谁为我们“指引了一条康庄大道”。这里的“彼”就是文王了；“徂”的古音读 cú，通“殂”，就是去世。“彼徂矣”就是文王去世了。“岐”当然就是岐山；夷者，平坦也；“行”要读 háng，就是道路。

因为这个祭祀活动是在周成王时代举行的，歌词的最后就以周成王的口气说话：我们这些后代子孙，一定要好生捍卫我们最早的根据地，让它永远保持下去，这就是“子孙保之”。这个“保”还有保持传统的意思，就是要保持和继承太王、文王、武王的精神文化遗产，把它发扬光大。这相当于用一个庄重的承诺，向先辈宣誓明志。

周颂 · 我将

这首诗也是祭祀活动中的唱词。但从它的内容来看，它的演唱背景，应该是周成王在周王朝的宗庙里祭祀文王。

我将我享，维羊维牛，维天其右之。

仪式刑文王之典，日靖四方。

伊嘏文王，既右飨之。

我其夙夜，畏天之威，于时保之。

第一句“我将我享”，就涉及古文字知识。因为这个“将”并不是助动词，不是英语里面的 shall 或者 will，“享”也不是享受之意。金文“将”字的结构，右边的下面是一只手，上面是一块肉，这表示把食物送出去；左边是一张床，只不过是立起的，因为“床”和“将”古音相近，所以这是做声符。现在我们明白了：“将”就是送食物。你妈妈把饭菜端到你面前的那个动作，就叫“将”。金文“享”的结构，上面是屋顶，象征庙子，下面是一个祭台，就是我们现在说的祭坛，上面还摆了一块肉。这也让我们一下子就明白：“享”字的本义是让神灵享用，相当于我们今天说的“献”。现在把两个字合起来：“我将我享”，就是我把肉举持起来——献给我的祖宗。

献的是什么呢？“维羊维牛，维天其右之。”这三个“维”字，前两个都是动词，相当于“用”；第三个就是另外一个意思，通“惟”，作希望、愿望讲。右者，佑也，古时候它们就是同一个字，因为“佑”是从“右”孳生出来的。这是因为，用右手是我们保护自己的自然动作，至今如此，你要保护什么东西的时候，下意识伸出去的都是右手。因为周部族是崇拜天地祖宗的，认为自己的幸福要靠上天和祖宗的保佑，所以要献祭牛羊。

第二行是说，我们遵循文王留下的各种规矩，包括治理国家的指导思想，全都继续照办，这样做的效果很好：“仪式刑文王之典，日靖四方。”这个“仪式”不仅是活动的仪式，也是各种礼仪法式，还可以广义地理解为所有行动准则、规范；刑者，型也，仿效、照着做的意思；“典”的本义是典籍、经典之书，可引申为标准、法则。日者，一天天也，愈益也；靖者，平安也。“日靖四方”，就是四面八方一天比一天更加安定祥和了。

第三行的意思是，伟大的文王，请你保佑我们，享用我们的祭品——“伊嘏文王，既右飨之”。伊者，他也；嘏（gǔ）者，大也；“右”还是通“佑”；“飨”在这里就是我们说的享用。享用什么？继续享用周朝的胜利果实。所以这个“右”和“飨”都是站在后人的角度，祈愿文王保佑我们风调雨顺，降福于我们的生活，让我们能够继续享受祖先的功业。

最后一行是周成王对他先祖的表态，说：我一定要勤谨小心，从早到晚都要敬畏上天，时时刻刻保持这样的心态。也就是说，任何时候都绝不敢骄狂：“我其夙夜，畏天之威，于时保之。”“其”在这里是“将要”的意思；夙者，早也；夜者，夜晚也；畏者，敬畏也；威者，威仪也、权威也；于时者，每时每刻也。这说明周成王的基本心态，是把自己摆在很渺小的地位，时刻敬畏老天爷的威仪，不敢胆大妄为，担心那样做要遭到老天爷的惩罚。

这首诗让我们看到了古代社会的又一个真相：一个统治要维持长久，和最高领导人的心态是很有关系的。周王朝之所以能维持几百年，得益于初期周天子的这种勤谨小心的心态，不是说当了天子就可以作威作福，就可以肆无忌惮，就可以欺天。

周颂·思文

思文后稷，克配彼天。

立我烝民，莫匪尔极。

贻我来牟，帝命率育，无此疆尔界，陈常于时夏。

这首诗也是用于周成王的祭祀典礼中，但这次是祭天的同时配祭后稷。思者，思想也，就是我想起了；文者，文明也。为什么用“文明”来说后稷？据记载，周成王是后稷的第十六世孙，而在传说中，后稷在唐尧、虞舜的时候就当了农业部部长，管理全中国的农业大政，是周部族农耕文明的奠基人。他让农业取代畜牧业，成为周部族主要的经济支柱，建立了一种更进步的新文明。后稷的功劳这么大，所以他能够配得上与天同祭，这就是“克配彼天”。克者，能也。

接下来就说明后稷为什么“克配彼天”。首先说后稷推广农作物，广大人民能享受粮食，是因为后稷的正确主张，是他最大的功德——“立我烝民，莫匪尔极”。这个“立”不是“站立”的意思，而是一个借字，它的本字是“粒”，代表粮食。因为一切粮食作物，籽实都是颗粒状的，正如唐诗所说的“春种一粒粟，秋收万颗子”，但是这里是做动词用，就是饭我众民、供养我众民的意思。“烝”也是借字，通“众”。因为周部族生活在陕西、甘肃一带，鼻音很重，“烝”和“众”两个字发音是一样的，所以“众民”就写成“烝民”了。莫匪者，莫不是也，没有哪一样不是，泛指让我们所有老百姓能吃上饭的一切事情。“尔”就是你，指后稷。“极”是正确的意思。

我们在《生民》里已经看到，在周部族的传说中，小麦这种农作物是从天而降的。我们推测这个说法是有根据的，就是龙卷风从中亚那边带来的，然后可能被后稷发现、重视，才逐渐推广。所以，周部族一方面说麦子是从天上下来的，一方面又说麦子是后稷带给他们的。因为小麦的蛋白质含量大大高于其他粮食作物，它成为主要农作物，对于周部族的兴盛至关重要，所以后面的歌词就专门说这件了不起的事情：“贻我来牟，帝命率育，无此疆尔界，陈常于时夏。”贻者，赠给也；“来”是小麦；“牟”是大麦。“贻我来牟”就是赠给我们小麦和大麦。甲骨文的“来”字，就是画的一棵麦子，下面三根须须是根，上面是秆，顶上一撇代表麦穗。

顺便说一句，“来”这个字后来有了“走来”的意思，就是因为小麦是从远处来的，因此就做动词用，把一个东西从远处带来了就叫“来”。“来”作为动词用了以后，就不能够继续用它来代表麦子了，于是就在“来”字底下加一只脚成为“麦”，以示区别。“麦”“来”同韵，就是古今声韵变化的痕迹。“帝”是上帝，天老爷；率者，普遍也；育者，育种也；“帝命率育”就是上帝让我们种麦子，而且要“无此疆尔界”。“此疆”是我的疆土，“尔界”是你的边界，连起来就是不要分哪块土地是你的我的。不去区分这些，也就是让小麦的种植在周原上得到普遍推广。最后一句“陈常于时夏”，比较难懂。陈者，铺陈也，铺开也；常者，常规也。什么常规？种麦的常规。铺开种麦技术，就叫“陈常”，就是推广小麦、大麦的种植。时者，是也，就是这个；“夏”在这里指华夏，就是中国。“陈常于时夏”的意思就是，在全国范围内，不要再去分你我的疆界，打破疆域界限，把种植麦子这种农业技术，在这个夏的国度里普遍推广开来。几年前我去陕西，从法门寺回西安的路上，专门去看了周原。那里到现在都是一片麦田，长势很好，我马上就联想到关于后稷的这些故事和《诗经》的这些内容，非常激动。眼前看到的这些事情，三四千年前已经如此了！

这里顺便讲一下“华夏”是什么意思。“华”的正体字“華”，本义是花。为什么用一朵花来命名？它来自华山。各位如果从西安坐火车向东，在即将离开陕西境内进入河南时，就能从车窗外看见华山。华山的地貌像一朵花含苞欲放，绽开的花瓣簇在一起，所以叫作“华”。在那一带生活的先民，就被称为华族。“夏”是山西南部的夏县，正好处在黄河由北向南改为由西向东流的转弯处，是山西最南端、陕西最东端、河南最西端这三省交界的地方，夏族的祖先就生活在这里。从华山到夏县一带非常近，不过四百华里，这两个部族在这一小块地方逐渐融合，就称“华夏”。后来由于汉民族文明的扩展，“华夏”的概念也就逐渐扩大到更广大的地域了。

2

楚辞

胡小石

第四章

研读楚辞的必要参考书

清代大的学问都有人写成书，如讲经学的书，清康熙时浙江人朱彝尊就作了《经义考》，包括《周易》《尚书》《诗经》《三礼》《春秋三传》《论》《孟》《孝经》《尔雅》以及《乐书》《四书》《逸经》等，按诸经分类编排考论。如讲小学的书，乾嘉时江西人谢启昆就作了《小学考》，包括训诂、文字、音韵等。楚辞从汉代到近世著述很多，抗战时有人辑过大小著作约有几百种，其中有存有亡。楚辞著作可以成一专门学问，可以作“楚辞学考”。“楚辞学考”留待将来人作，很值得作，这是楚辞研究的一个方向。

楚辞著作很多，初学者感到无从下手，这没有必要。我们可以爬梳剔抉，从中选取最必要的参考书，供学习研究。现分别介绍如下。

有关楚辞合集，基本读物介绍三种。

一、《楚辞章句》十七卷　东汉王逸注

王逸《楚辞章句》十七卷是今存楚辞注本中最早的一部。这十七卷本从何而来？这需要对屈原作品流传情况及楚辞成书过程，作一简要介绍。

屈原创作的《离骚》等作品，在他生前就已开始流传，他投汨罗殉节后，其作品迅速广为传布。王逸《楚辞章句·离骚经后叙》

云："楚人高其行义，玮其文采，以相教传。"可见屈原死后其作品作为教材，在楚地广为流传。其间屈原弟子宋玉以及景差、唐勒之属对"教传"可能都起了很大作用。但这还是口头传播、私相授受的阶段。屈原和其他楚辞作品编辑成书，这要到西汉武帝时了。

楚辞成书的第一大功臣应数刘安（前 179—前 122）。刘安继父刘长后袭封为淮南王，其受封的都邑寿春（今安徽寿县附近）是楚国最后的都城。楚在寿春前后经营了十八年（前 241—前 223），想来保存的楚国文献典籍很多。当时楚人"以相教传"的屈原作品，必然保留在其中。刘安本人喜为辞赋，[1] 他招有宾客文士数千人，其中多数应为楚地人，他的宾客搜集屈原等人的楚辞体作品是很容易的事。正是在他的主持下，他们将收集到的屈原、宋玉、景差、贾谊等人的楚辞体作品，加上宾客淮南小山的仿作《招隐士》，编为《楚辞》一书。这可能是最早的《楚辞》辑本。武帝建元二年（前 139），刘安赴京觐见，进献了他编辑的《楚辞》一书。因武帝也喜好辞赋，遂命他作《离骚传》。[2] 据说他作的很快，一天就完成了。[3] 这是给《楚辞》第一个作传（注）的人。注文今已不存，只有一两条尚存于他书中。刘安还为《离骚》写了"叙"。叙大部分为司马迁所节取，见于《史

---

1 《汉书·艺文志·诗赋略》著录"淮南王赋八十二篇"，"淮南王群臣赋四十四篇"。均佚。

2 《汉书·淮南王刘安传》：颜师古注曰："传谓解说之，若《毛诗传》。"可见"传"即注，《毛诗传》即毛公给《诗经》作的注。

3 《汉书·淮南王刘安传》：武帝即位初，刘安入朝，献《淮南子》及主编的《楚辞》一书，武帝"爱秘之，使为《离骚传》，旦受诏，日食时上"。又《隋书·经籍志·集部》楚辞《序》："始汉武帝命淮南王为之章句，旦受诏，食时而奏之。其书今亡。"

记·屈原列传》中，其中最有名的一段：“《国风》好色而不淫，《小雅》怨诽而不乱，若《离骚》者，可谓兼之矣。上称帝喾，下道齐桓，中述汤武，以刺世事。明道德之广崇，治乱之条贯，靡不毕见。其文约，其辞微，其志洁，其行廉，其称文小而其旨极大，举类迩而见义远。其志洁，故其称物芳；其行廉，故死而不容。自疏濯淖污泥之中，蝉蜕于浊秽，以浮游尘埃之外，不获世之滋垢，皭然泥而不滓者也。推此志也，虽与日月争光可也。”刘安这一段话是对《离骚》的最早评论，是对屈原的最高评价、赞美。可见刘安对屈原及其作品是有认识的，评得很恰当。司马迁引用刘安《离骚传·叙》的内容，这从班固《离骚序》和刘勰《文心雕龙·辨骚篇》也可得到证明。

刘安《离骚传》注文，今存的一条见于班固《离骚序》。《离骚》中有：“启《九辩》与《九歌》兮，夏康娱以自纵；不顾难以图后兮，五子用失乎家巷。”五子是指夏太康时夏后启之子五观。五子即五观，他因叛乱闹内讧，快把夏搞亡了。但刘安《离骚传》却说五子为五子胥，班固《离骚序》也同此说，所指存疑。[1] 汉人解释东西常常如此古怪、费解。

楚辞成书的第二大功臣是刘向（前77？—前6）。淮南王刘安因谋反被诛，他编的《楚辞》进呈本也长期禁闭于秘阁，越百年，直到刘向时才得见天日。刘向是西汉后期的博学家，元帝时领校中秘书，成帝时任光禄大夫，校理经传诸子诗赋等天下典籍，撰写了《别录》，后由其子刘歆撰为《七略》，成为《汉书·艺文志》的蓝本。刘向任职秘阁，他当然有机会接触到包括刘安编辑的楚辞类作品，因此他在刘安辑本的基础上，将东方朔《七谏》、严忌《哀时命》、王

1 见王逸《离骚经章句后叙》附录班固《离骚序》。

褒《九怀》加入集中，[1] 又将自己作的《九叹》也参列其中，遂成十六卷本。[2] 刘向校订的十六卷本，从《离骚》起到《九叹》止，包括屈、宋及西汉人的作品，构成楚辞文体的一个系统。定名《楚辞》，就始自刘向。另刘向在其《新序》一书中，还写了屈原小传，可以与《史记·屈原列传》互相参照，对我们了解屈原生平很有帮助。[3] 其《九叹》对屈原遭际及其作品发出的深沉叹赞，也很有意义。

刘安、刘向后，东汉初又有人为楚辞作注。为《离骚》作注的最多，如班固（32—92）的《离骚经章句》，贾逵（30—101）的《离骚经章句》，[4] 马融（79—166）的《离骚注》，[5] 可惜这些书都亡佚了。班书今仅存《离骚》两序，为王逸收入《楚辞章句》中，班书与贾书注文今仅存数条。百年前南京学者顾怀三作《补后汉书艺文志》（收入《金陵丛书》），从很多唐前书中找到班、贾书的几条。我们从《离骚》洪兴祖补注中找到一条贾注。[6] 马书也亡，但在《楚辞·大招》

1 东方朔、严忌、王褒三人作品是否刘向辑入，因无材料证实，存疑。

2 王逸《楚辞章句·离骚经后叙》：“逮至刘向，典校经书，分为十六卷。”

3 见刘向《新序·节士篇》。

4 王逸《离骚经后叙》：“孝章即位，深弘道艺，而班固、贾逵复以所见，改易前疑，各作《离骚经章句》。”按贾逵，古文学大师，《说文解字》作者许慎之师。

5 《后汉书·马融传》：融安帝时为校书郎中，于东观典校秘书，才高博洽，为世通儒，郑玄出其门。“注《孝经》《论语》《诗》《易》《三礼》《尚书》《列女传》《老子》《淮南子》《离骚》。”

6 《离骚》“羿淫游以佚畋兮”句下，洪补注引：“《说文》云：帝喾，射官也，夏少康灭之。贾逵云：羿之先祖也，为先王射官。帝喾时有羿，尧时也有羿，羿是善射之号。此羿，商时诸侯，有穷后也。”

洪兴祖补注中，也引有一条马注。[1]除给《离骚》作注外，还有人喜给《天问》作注。自西汉即如此，刘向、扬雄都注释过，现也不存了。[2]现存汉人关于楚辞的完整著作只有王逸的《楚辞章句》十七卷本，但这距刘向典校的十六卷本，又过去了一百多年。

王逸，字叔师，南郡宜城（今湖北宜城）人。东汉安帝元初（114—119）中为校书郎，顺帝时官至侍中。[3]王逸父子皆善作赋。王逸赋，今仅存残篇《机妇赋》《荔支赋》，严可均辑入《全后汉文》中；子王延寿作《鲁灵光殿赋》(收入《昭明文选》)，写古代建筑，很现实，可惜二十多岁就溺水死了。王逸任校书郎时，可以入东观博览群书，他得见刘向典校的《楚辞》当在此时。王逸与屈原同为楚地人，对屈原作品及其高洁人格十分激赏，他根据刘向校订的本子，又把自己写的《九思》也列在其中，成十七卷本。汉人作《九怀》《九叹》《九思》，以求与《九章》《九歌》《九辩》名称相合，盖“九者，阳之数，道之纲纪也。”[4]所以“九”在楚辞中很多见。

王逸《楚辞章句》是现存最早的楚辞合集，是我们研究屈原和楚辞的基点，其功厥伟。王逸作《楚辞章句》，值得我们注意的是：

（1）从注文看，王逸不光是辞人，而且是经人。汉朝讲经文，有今文、古文之分。今文、古文在西汉时长期处于分离状态，到东汉时，学者渐渐打破此界限，如总结汉代经学的有名人物郑玄就不分今

---

1 《大招》：“鸿鹄代游，曼鹔鹴只。”洪补注：“长颈绿身，其形似雁。一曰凤皇别名。马融曰：其羽如纨，高首而修颈。”

2 见王逸《楚辞章句·天问后叙》。

3 见《后汉书·文苑传》。

4 王逸《楚辞章句·九辩序》。

文、古文，把今文、古文融而为一，被人称为“通学”。王逸注《楚辞》，也兼采今文、古文，他讲《春秋》用左氏，讲礼仪用周官，讲《诗》用鲁诗。鲁诗为今文，王逸共采用了八十八条，这种对古诗今文经学的解释，对研读《诗经》是很宝贵的材料。王逸还吸收了刘向、扬雄及同时代人班固、贾逵等楚辞注释中的一些观点，博采众长，陈述己见，这都很可贵。

（2）王逸书名《楚辞章句》，这是汉代注书体裁的专称。汉人给经书作注，如毛公解《诗》称毛传，郑玄之注称郑注，何休注《公羊》称解诂，这些文字都很简古。而章句则不同，章句体裁是把一句话的训诂名物、一字一句先讲清楚，即先解释一字一句，然后再讲大义，讲一章之义，讲得很详细清楚。王逸还为《楚辞》各篇写了叙文，并为《离骚》《天问》两篇写了后叙，论述各篇写作背景和题旨，这些对初学者都很有用。章句今存的只有两书，一是赵岐的《孟子章句》，一即是王逸的《楚辞章句》。

（3）王逸所处时代去古未远，其注释多用前人典籍及先贤之训诂，有所依据。加之他生于楚地，对《楚辞》中的方言俗语、民俗风情释解得颇为精当，为我们阅读《楚辞》提供了方便。

（4）王逸对屈原及其作品都有很高评价，认为屈原“膺忠贞之质，体清洁之性，直若砥矢，言若丹青，进不隐其谋，退不顾其命，此诚绝世之行，俊彦之英也”。认为“屈原之词，诚博远矣。自孔丘终没以来，名儒博达之士著造词赋，莫不拟则其仪表，祖式其模范，取其要妙，窃其华藻，所谓金相玉质，百世无匹，名垂罔极，永不刊灭者矣！”[1] 其崇赏之情溢于言表。

1　王逸《楚辞章句·离骚经后叙》。

王逸注很可贵，但也有缺点：

（1）迂拘难通。《楚辞》原文很简，而王逸注很详，流于啰嗦琐碎，经其解释后反而难懂了。尤其是对《九歌》的解释，他找不到出路，很混乱难懂。

（2）经生头脑。武帝罢黜百家，独尊儒术，在中国造成正统思想。中国讲经学，尤其王朝官学，就如欧洲教会教廷一样，全根据王朝统治思想而来的。武帝后儒家思想高高在上，王朝正是以此来巩固自己的统治地位。我们试以汉代两大史学家司马迁和班固对屈原的不同评价为例，说明王朝正统思想对二人的依违影响。司马迁并不专尊儒学、专尊皇权，对汉皇室也多加以嘲讽，表现出一种异端思想。在《屈原列传》中，他悲屈之志，对屈原怨君斥佞，充分肯定。而班固则是正统思想的俘虏，他所作的《离骚序》，虽体察到屈原作品的文学价值，认为“其文宏博雅丽，为辞赋宗”，但他以君权至上观念，承认屈原忠君爱国的一面，又反对其“责数怀王，怨恶椒兰”，与黑暗势力作斗争的一面，批评他“露才扬己”，不明“全身远害”“明哲保身”之道。对屈原借助神话、神女的种种描述颇多微词，认为这种虚无之语“皆非法度之政，经义所载”，与传统文学不符。[1] 对班固的非议屈原，王逸虽有所不满和批评，认为是“亏其高明，而损其清洁者也”，[2] 但他也和班固一样，都是经生头脑，很多方面仍然以正统思想之“尺”量屈。屈原生在司马迁之前，自然儒学思想更少一些。而王逸的思想是官学思想，他以汉儒说经的方法解释屈原作品，依经

---

1 见班固《离骚》二序。王逸收入其《楚辞章句》中，名《离骚序》《离骚赞序》。

2 王逸《楚辞章句·离骚经后叙》。

立义，有些显然是错误的；他的一些注文穿凿附会，其手法就是以比兴方法歪曲屈原作品。这正如《诗经》"关关雎鸠，在河之洲。窈窕淑女，君子好逑"，明明是讲男女恋爱的，而汉人将男女之情解释为君臣关系，"后妃之德"。就像《圣经》上有些情诗，教会将此歪曲为教义一样。所以王逸以比兴之法解释《楚辞》，有一些是歪曲屈原的。

王逸《楚辞章句》今有单注本与补注本。单注本只有王逸注；补注本在王逸注后带有洪兴祖的补注，而今天更为流行的是补注本。

洪兴祖补注很好。洪兴祖（1090—1155），字庆善，南宋丹阳（今江苏丹阳）人。北宋政和（1111—1117）中登上舍第，南渡后历任秘书省正字、太常博士，出知真州、饶州。洪博学洽闻，勤于撰述。因文字之祸忤秦桧，贬死昭州。桧死，得以昭雪。[1]

汉人注书，大抵简质，又往往举其训诂而不备列其考证，而洪兴祖《补注》很好，他博采历代楚辞的传本，如《文选》五臣注，六朝古本，唐代写本，以及宋代传本二十余种，校勘王逸《楚辞章句》，写成《楚辞补注》十七卷，并附古本《楚辞释文》一卷及《楚辞考异》一卷。[2] 此书列王逸注于前，补注于后，《释文》《考异》原各单

---

1 见《宋史·儒林传》。

2 晁公武《郡斋读书志》著录"《补注楚辞》十七卷""考异一卷"云："（洪）自序云：以欧阳永叔、苏子瞻、晁文元、宋景文家本参校之，遂为定本。又得姚廷辉本，作《考异》。"又陈振孙《直斋书录解题》著录："兴祖少时从柳展如得东坡手校《楚辞》十卷，凡诸本异同，皆两出之。后又得洪玉父而下十四五家参校，遂为定本，始补王逸章句之未备者。书成，又得姚廷辉本，作《考异》，附古本《释文》之后。其末又得欧阳永叔、孙莘老、苏子容本于关子东、叶少协，校正以补《考异》之遗。洪于是书，用力亦以勤矣。"从中可窥知洪兴祖著述的经过。

为一卷，今刻本已分窜于补注前后。此书训诂释义，考异补正，征引了很多新的材料，订正了王逸注文中的不少缺失。《释文》今存七十多条，对研究《楚辞》古字、古音也有一定的参考价值。此书实为王逸《楚辞章句》后之集大成者，是研究者必读书。

关于王逸《楚辞章句》今存版本，检其要者：单注本，宋本有《湖北丛书》影宋本，商务印书馆曾辑入《丛书集成初编》中，此本很好。今所见到的明刻本中，也多为景宋本，如正德本、[1]隆庆本，[2]明万历年间的俞初刻本，[3]也与宋单注本同一来源。另外《四库全书》所收纪昀家藏本，也很好。补注本，版刻很多，未见宋刻本。今所能见到的是明翻刻宋本，如现藏于南京图书馆的丁氏八千卷楼本，内有丁丙跋，商务印书馆《四部丛刊》收录的即是此本。现在大家最常见到的为明末清初毛晋、毛扆（yǐ）父子刊刻的毛氏汲古阁本，这也是来自宋本。此本有清一代翻刻的很多，流布很广，《四库全书》所收即为汲古阁本；还有同治十一年金陵书局校刊的汲古阁本，都很好。此外商务印书馆《丛书集成初编》本，中华书局《四部备要》本，也都取自汲古阁本。单注、补注本都涉及《楚辞》版本学问题，初学者学习《楚辞》时，手头有一本补注本就可以了。

---

1 正德本，明正德十三年（1518）高第刊黄省曾校《楚辞章句》，有王鏊序。

2 隆庆本，明隆庆五年（1571）豫章夫容馆刊《楚辞章句》，有王世贞序。

3 明万历十四年（1586）俞初刻本，有吴琯序，为夫容馆重刻本，但编次略有不同。

二、《楚辞集注》 南宋朱熹注

从晋到隋，有关《楚辞》的专书约有十余种，可查《隋书·经籍志·楚辞类》目录。这些书除王逸《楚辞章句》外，大都散佚，但也有几种值得注意的。一是郭璞注《楚辞》三卷，已佚。今从各种典籍中辑其佚文，仍可补正王逸注文训解之疏失。郭注对屈原及其作品的评价也很精当。[1] 一是隋释道骞《楚辞音》一卷。《隋书·经籍志·楚辞类》叙录云："隋时有释道骞，善读之，能为楚声，音韵清切，至今传《楚辞》者，皆祖骞公之音。"《隋志》著录《楚辞音》共五种，前四种均佚，只道骞《楚辞音》在敦煌石室中藏有写本残卷上百条，均为《离骚》部分。[2] 这是现存《楚辞》最早的本子，十分可贵。道骞能为楚声，对楚辞注音、校勘很有文献价值。

到了唐代，唐人作赋的很多，但给《楚辞》作注者很少，除王逸《楚辞章句》仍在流传外，为《楚辞》作注的，今仅见初唐李善《文选注》，开元时吕延祚集辑的《文选五臣注》。[3] 此外，还有开元时陆

---

1 可见胡小石师《楚辞郭注义征》。

2 《楚辞音》敦煌写本残卷，为法人伯希和盗去，藏巴黎国民图书馆。王重民摄影以归，并著有《巴黎敦煌卷叙录》（载《图书季刊》2卷3期）。残卷存《离骚》八十四行，正文一八八字，注文九六字。正文起"驷玉虬以乘鷖兮，溘埃风余上征"的"乘"字始，讫"为余驾飞龙兮，杂瑶象以为车"的"瑶"字止。其中绝大多数都有音注（切音或直音）。

3 《文选五臣注》，由吕延祚集辑，由吕延济、刘良、张铣、吕向、李周翰五人合注。

善经的《文选离骚注》和《招魂注》，惜已残缺。[1]《旧唐书·经籍志》《新唐书·艺文志》除沿袭《隋书·经籍志》有关著录外，均无有关唐人《楚辞》的记录。

宋代重文治，文人研读《楚辞》也多了起来，北宋欧阳修、苏轼都有《楚辞章句》抄校本。苏轼门人晁补之（1053—1110）删去王逸《九思》一篇，成《重编楚辞》十六卷，他还取宋玉以下与楚辞相类或祖述《离骚》的文辞，分别编成《续楚辞》《变离骚》各二十卷，可惜均佚失。晁补之对屈原及其作品的评价很有见地，并以史家的眼光勾画了《楚辞》的源流衍变。但他毕竟是诗人，所作的注文并不重要。在此之后，南宋洪兴祖在校勘王逸《楚辞章句》时，竟然采集到了二十多家宋人藏本，完成《楚辞补注》。此也可见楚辞传写在宋代的兴盛情景。

朱熹《楚辞集注》是继洪兴祖《楚辞补注》之后，将楚辞研究推进到一个新阶段的重要注本。

朱熹（1130—1200），字晦庵，南宋理学家，学问很大，解释古书眼光很好。《楚辞集注》是朱熹晚年将死前注的。他为什么注《楚辞》，这有其历史背景，因为他当时遭遇了党祸。南宋时，外戚韩侂胄当政，与韩对立的是宗室赵汝愚。双方政见不同，斗争激烈，而朱熹是站在赵一方的。斗争结果，赵被贬永州，暴死于湖南途中，朱熹也作为“伪学”“逆党”的重要人物，落职归里。朱熹此时作《楚辞集注》，把赵比作屈原，屈原与楚王同姓，因政治失败而死，赵的遭

---

1 唐写残本《文选集注》藏日本金泽文库。1918 年罗振玉据之影印，有罗振玉序，今浙江图书馆有藏本。此写本有陆善经《离骚注》（后一小段残缺）和《招魂注》（大部残缺）。

遇也相仿。所以朱熹注《楚辞》是有所寄托的，是政治斗争的手段，是作为对抗韩的武器。[1]当然，朱熹作《楚辞集注》，还有特定的时代因素。南宋时，内忧外患，主战派和主和派斗争相当激烈。朱熹是抗金派，但却横遭诬陷，贬出朝廷，这和屈原“忠而被谤”的遭遇极其相似。他颂扬屈原“忠君爱国之诚心”和“不顾其死，特立独行”的“英烈之气”，[2]是有很深的寄寓的。我们看到当时和朱熹心气相通的洪兴祖作《楚辞补注》，吴仁杰作《离骚草木疏》，他们都借此歌颂屈原的爱国精神和高洁人格。借他人之酒杯，浇自己之垒块，这都是时代促成的。

朱熹受到屈原精神和艺术光辉的感召，对屈原作品早有研究，对王逸《楚辞章句》和洪兴祖补注熟稔于胸。他对王、洪的训诂名物之功有所肯定，但对他们不顾作品意旨、旁引曲证的繁碎冗杂训释有所不满。晚年的政治遭遇，触发了他对屈原作品的诠释求正，于是重拾“旧编”，加以修订。《楚辞集注》正是在这个背景下完成的。[3]

《楚辞集注》重新把楚辞编为八卷，前五卷依王逸本之旧，收屈原作品七题二十五篇；后三卷与王逸本不同，收了宋玉、景差、贾谊、庄忌、淮南小山五人作品八题十六篇。朱熹根据自己的取材标准，删去旧本《七谏》《九怀》《九叹》《九思》，增入贾谊《吊屈原赋》

---

1 周密《齐东野语》卷三《绍熙内禅》：“赵汝愚永州安置，至衡州而卒。朱熹为之注《离骚》，以寄意焉。”

2 分别见朱熹《楚辞集注序》及《楚辞后语·反离骚》注评。

3 朱熹《楚辞集注序》。

和《服赋》。[1]另外，《楚辞集注》后还附有《楚辞辩证》二卷，《楚辞后语》六卷。前者订正旧注之谬误，后者以文学眼光对晁补之《续楚辞》《变离骚》二书篇目有所取舍增补。《楚辞后语》自荀卿至吕大临计五十二篇，前十七篇有注，后三十五篇无注，系未完稿。

朱熹在作《楚辞集注》时，吸取了洪兴祖补注的一些成果，又参校了洪未见的《楚辞章句》传本的一些异文，对王注洪补《楚辞章句》多所勘正。但此书的主要成就是，作者重在对屈原作品作整体的义理探求，抉发其深层的文义，以文学眼光诠释屈原作品男女君臣之喻的意旨，用兴比赋探求其艺术方法，这较之此前旧注以字句训诂为主的著述是一大突破，这是治楚辞者由汉学到宋学的一大转变。之后，《楚辞》有了两个系统，一为王注洪补《楚辞章句》十七卷本，一为朱熹《楚辞集注》八卷本。两相比较，两书异义颇多，但朱书比王书好，因王书很多解不通的地方，朱书能解得通。当然，朱熹作为理学家，其对屈原作品义理的探求，也有一些迂腐之论，如他认为屈原"志行""过于中庸而不可以为法"；[2]他对屈原作品中神话传说的曲解否定；他用客观唯心主义解释《天问》中的某些问题，颇为荒诞，这都是《楚辞集注》的不足之处。另外，《楚辞后语》所选作品可以看到与屈赋的传承关系，但他在篇末选了理学家同道张载《鞠歌》和吕大临《拟招》，透露了浓重的理学气息，显然违背了他选文的准

---

1 朱熹《楚辞辩证目录》云："《七谏》《九怀》《九叹》《九思》，虽为骚体，然其词气平缓，意不深切，如无所疾痛而强为呻吟者。就其中《谏》《叹》犹或粗有可观，两王则卑已甚矣。故虽幸附书尾，而人莫之读，今亦不复以累篇帙也。贾傅之词，于西京为最高，且《惜誓》已著于篇，而二赋尤精，乃不见取，亦不可晓，故今并录以附焉。"

2 朱熹《楚辞集注序》。

则，不足为法。

《楚辞集注》今传有两种，一是真正的宋本，为朱熹孙朱鉴刻于宋理宗端平乙未（1235），1953年人民文学出版社已影印出版。此书包括《楚辞集注》《楚辞辩证》《楚辞后语》三部分，《后语》里收有邹应龙、朱在、朱鉴三篇跋语，最为完备。一种为元刻本，计有1930年扫叶山房影印的元至正二年（1342）建安傅氏刊本；元至正二十三年（1363）高日新刊本，此本为黎庶昌于日本获得，后收入《古逸丛书》中。《楚辞集注》明清近代以来翻刻者众多，易见者有《四库全书》本、《四部丛刊》本、《四部备要》本。

三、《屈原赋注》 清戴震注

明清两代研读《楚辞》的人很多。明人最喜读《楚辞》，但他们往往把《楚辞》解成八股。明代八股取士，文人迂拙疏陋，不通小学（不识字也），头脑里充满了八股格式。思想是八股式的，把文章先后也分成八股式，解读《楚辞》也是如此。这风气到明末清初还未消歇，如清初林云铭（1628—1699）注的《楚辞灯》很流行，[1]方法就是用时文之法解《楚辞》，词旨浅陋。再如蒋骥（1674—1741）的《山带阁注楚辞》，其对《离骚》结构分析虽有可取之处，但也是八股式的。此书较有价值的，是他辑集了有关屈原史料，绘制了《楚辞地图》五幅，就屈原史踪及作品创作的时地作了考索，虽附会较多，不可全信，但可以参考。其所附《楚辞说韵》一卷，对古韵有很多发

1 《楚辞灯》四卷，有康熙三十六年（1697）林氏挹奎楼刊本；民国六年（1917）中华图书馆石印本。

明，很好。[1]明清之际也有另类楚辞的著作，这就是王夫之的《楚辞通释》。王夫之（1619—1692），号薑斋，明亡，隐居于衡山石船山。思想家，反清志士。王夫之激于社稷沦亡之痛，借通释楚辞，褒扬屈原，以抒发胸中之垒块。《楚辞通释》立足于屈原"本事"分析作品的"情"与"志"，重在文意的阐发上。此书对屈原的忠贞气节、高尚人格及卓越的艺术品质，发出由衷叹赏，并做出高度评价，这在当时是难能可贵的。清王朝在修《四库全书》时未收录此书，也是必然的。此书后收入《船山遗书》中，可查阅。[2]

有清一代对楚辞研究作出重要贡献的，应数戴震。

戴震（1723—1777），字东原，安徽休宁人，乾隆举人，曾任《四库全书》纂修官，一生著述甚多。其所著《屈原赋注》七卷，后附《屈原赋通释》二卷，《屈原赋音义》三卷，共十二卷。《屈原赋注》二十五篇系据《汉书·艺文志》屈原赋二十五卷篇名，《屈原赋注》书名即自《汉志》而来。

《屈原赋注》有鲜明特点。《屈原赋注》七卷是全书主体，注释简明精审，不作繁琐征引，重在通过词句的训释，逐章逐段阐明作品的意旨。释词、释义、释韵均极精核。戴震精通古音，长于训诂，所附《通释》二卷，是解释楚辞的一般问题，如山川沼泽和草木鸟兽虫鱼等专名。《音义》三卷，是训释文中的字义、字音，可见后二者是主体的补充，十二卷是一个完整的结构。

---

1 《山带阁注楚辞》六卷，卷首一卷，余论二卷，说韵一卷。有雍正五年（1727）原刊本；民国二十二年（1933）北平来薰阁影印本。

2 《楚辞通释》最早刻于康熙四十八年（1709），后收入道光二十八年（1848）、同治四年（1865）湖南所刻《船山遗书》中。

戴震是清朝大学者、朴学大师，对经学、语言学有卓越贡献。清朝考订之学按地域分为两路：一为徽学，在安徽徽州兴起，创始人即戴震；一为吴学，在江苏苏州兴起，创始人为惠栋。客观上看，戴的治学方法更进步些。惠为汉学，较墨守汉儒旧说，而戴不墨守汉学，而是以证据说话，从证据比较中得出结论，方法更接近科学。戴震作《屈原赋注》时不过三十岁左右，是他最早的著作。一般治学是早年比晚年差，但他学问基础好，方法进步，所以此书超过明代和清初学者（如林云铭、蒋骥等）很多。他把明代以来以八股权衡楚辞的风气扫除一空，为楚辞研究开拓了新路。此书尤其精彩的是讲释《九歌》部分。王逸《九歌》注很难懂，变成了不可解的；朱熹比王逸有进步，注释得文从字顺，可懂了，但有些地方还是讲不通；而经过戴震解释则完全可以理解了。戴震解释《九歌》精要处，在于他把《九歌》每一篇中口气变换搞清楚了。《九歌》难懂即在口气不同，其中有问答，有口气转换语，戴震之前都未搞清楚。

《屈原赋注》十二卷本，最早有乾隆二十五年（1760）歙县汪凤梧氏不疏园刊本，其后广为刊印，最著者有民国十二年（1923）《湖北先正遗书》精抄本、民国二十五年（1936）《安徽丛书》本。

另外戴注屈赋还有三卷本，只有《离骚》《九歌》《天问》三篇，是未完成的书。自然三卷本比十二卷本在前，可能他先写了三卷，不满意，再写了十二卷本，而把三卷本弃去。此三卷本过去未见过，直到抗战前皖人印《安徽丛书》时，将其收入。有收藏者歙人许承先《后记》，介绍甚详。三卷本特别之处，内中有戴对屈赋所写的论述，评析很到位。戴是朴学大师，讲朴学的人不大爱讲文章。过去史书自《后汉书》始，就把读书人分为两类：一类入“儒林传”，专攻学术的学问家；一类入“文苑传”，专作诗词、文章的文士。戴震是学问家，不大作诗、文，但他在三卷本中，却以文章家的视角论析屈赋，且眼光很敏锐，三卷本的价值就在于此。另三卷本中，关于“离骚”一词的训释，戴震认为乃“牢骚一声之转”，“离骚”即“犹今人言牢骚”。此不同于司马迁、班固、王逸的解释，值得重视。

总之，楚辞自汉至今，大小著作不下几百种，很难查阅，初学者不必看这么多，只需看以上介绍的三种基本参考用书就够了。现购旧本难，如三种买不到，就用王注、戴注两种；两种也买不到，就用王注一种。王注虽有缺陷，但汉人注楚辞仅此一种，仍有许多可取之处，所以研读楚辞，一定要读王逸注，当然包括洪兴祖补注。

下面简要介绍几种屈原作品的单篇著述。

一、《离骚》

《离骚》为楚辞的主体，也是屈原的代表作品，自汉淮南王刘安作《离骚传》起，贾逵、班固作《离骚经章句》、马融作《离骚注》，宋以后陆续有人为《离骚》作注，主要的有：

（1）《离骚集传》 宋钱杲之撰 宋刻本单刻

《楚辞》王注今已无宋刻本，钱注有宋刻本，为江苏常熟瞿氏铁琴铜剑楼藏本，只一卷，字很大，现归北京图书馆；铁琴铜剑楼还有影宋抄本。此书文字好，它与罗振玉影印唐写残本《文选集注》文字很相近。三十多年前，罗在日本找到唐写残本《文选集注》，于1918年设法印出。此《文选》很特别，为120卷本。唐开元时，《昭明文选》为30卷，无注；后加上李善注，为60卷。而此本为120卷，除李善注及五臣注外，又加上陆善经注，为国内《文选》注本所无。唐写残本我很喜爱，此本存有屈原《离骚注》(后一小段残缺)及《招魂注》(大部残缺)，经与钱杲之《离骚集传》相校后，发现两书文字相近。这也可证明钱注《离骚集传》是早期传本，很可贵。

(2)《离骚笺》二卷　清龚景瀚撰　乾隆五十九年(1794)澹静斋刊本　有自序

此书笺注无多新意，重在《离骚》章法意旨的阐发，有可取处，但寻绎文意，杂有八股味。

(3)《离骚赋补注》一卷　清朱骏声撰　有道光年间刊本

清代专注《离骚》的有好多家，朱骏声注得很好。朱为元和(今江苏苏州)人，清末伟大的小学家。著有《说文通训定声》。他的《离骚赋补注》逐句补注全文，并对《离骚》中复句、复词、复字、长句加以归纳。他以小学家的眼光和方法考订《离骚》，解释得很好，很细致，音韵注释，也很精当。

二、《天问》

除注《离骚》外，前人对《天问》也很有兴趣，因为《天问》最难解。屈原思想博大新奇，在《天问》中发出很多问题，计有172个之多。主要分两部分，一是问自然天象。太阳晚上藏何处？何以月亮缺又圆？等等。对宇宙构造、天地开辟、日月运行等传统见解提出质疑；一是问神话和古史，对古代神话和古代历史有关传说记载有点不信，提出质疑。《天问》引用神话很多，屈原不是传布神话，而是怀疑。他打破很多古代传统说法，问难质疑。这种大胆怀疑、追求真理的精神，反映了他朴素的唯物主义宇宙观和进步的社会历史观。《天问》的主要价值就在于此。历史上，西汉刘向、扬雄都注过《天问》，可惜都佚失了。王逸注《天问》时，可能借鉴了其中一些内容，此中有些不可解的问题至今仍无法解释。今举一些有关著述：

（1）唐柳宗元《天对》（存于《柳河东集》中）。此是今见最早单独解答《天问》的著述，对后世有一定影响。《天对》和《天问》虽在思想上有相通之处，但对《天问》中具体问题则无力训解。可以说《天对》实即“天不对”，牛头不对马嘴。

（2）南宋诗人杨万里《天问天对解》一卷（存《诚斋集》中）。此书合屈原《天问》和柳宗元《天对》各为之解，训释浅易，由于因袭《天对》较多，缺少新义，无多少价值。

（3）清初毛奇龄《天问补注》一卷，共三十四则（存《西河合集》中）。此人学问渊博，对《天问》的解释有几则（如“顾菟”“石林”等）为学术界所认同，但大多属臆判之词，不可信。

（4）清丁晏《天问笺》（收入丁著《颐志斋丛书》中，有光绪广雅书局刊本）。丁是山阳（今江苏淮安）人，道光初举人，大地主，有土豪劣绅气味，被人称为“丁三骨头”（刻薄也）。丁是经学家，长于训诂，今《古文尚书》定论即是采用他的。《天问笺》很厚，光绪时才收入《广雅丛书》中。《天问笺》以王逸《天问》注文作笺，其特点：① 很朴实，不下断语，不胡说；② 尽量收集文献材料，丁笺《天问》每条下都有从唐前书中收集的有关材料。此书好处是材料收集得很完备，可资参考，但不一定能解决问题。

（5）近代王国维在民国初，根据殷墟出土的甲骨卜辞，结合文献材料，写了《殷卜辞中所见先公先王考》一文，解释了《天问》中有关殷商的一段史实，很精确。

屈原作品中，最不能解决的即《天问》，有几条至今也解决不了。

另外，研读《楚辞》还需涉猎有关名物、训诂、声韵、校勘等各类著述。

一、名物

主要为草木，过去说是香草美人。《楚辞》书中写草木的很多，这与《诗经》一样，孔子解《诗》时，说要多识草木鸟兽之名，[1]三国吴陆玑撰《毛诗草木鸟兽虫鱼疏》，专释《诗经》中动植物名称，可惜已佚，只存有几条。读《楚辞》，一定要搞清其中的名物。

最早为《楚辞》草木作疏的为南朝梁人刘杳，著有《离骚草木疏》二卷，见《隋书·经籍志》著录，此书已佚。到了南宋，吴仁杰撰《离骚草木疏》四卷，写得很好。吴是考据学家，学问好，他的《两汉刊误补遗》为人所重视，王先谦作《汉书补注》《后汉书集解》全引用此书。《离骚草木疏》征引宏富，考辨精核，补王逸训诂之不足。此书原刊于宋庆元六年（1200），已佚，以后历代均有刊本，著名的有乾隆时知不足斋复宋本、《四库全书》本、商务印书馆《丛书集成初编》本等。明人屠本畯作《离骚草木疏补》、清人祝德麟作《离骚草木疏辨证》，补正吴书之不足，也可参考。

试以《楚辞》中写到的几种植物为例：

（1）兰。屈赋写兰的很多。《离骚》“纫秋兰以为佩”“余既滋兰之九畹兮”，《九章·悲回风》“兰茝幽而独芳”，《九歌·少司命》“秋兰兮青青”，《九歌·山鬼》“被石兰兮带杜衡”，等等。兰是什么呢，宋以前人都认为是兰草，并无歧义。如《诗经·郑风·溱洧》：“士

1 见《论语·阳货篇》。

与女，方秉蕑兮。”“蕑”（jiān），即兰，一名泽兰，香草也。如《礼记》：“诸侯贽薰，大夫贽兰。”[1]这里的兰，也是指兰草。屈赋中的兰，也都认为是兰草、香草。但到了宋代却将“兰”的意象搞乱了，北宋黄庭坚界定一茎一花曰兰，一茎数花曰蕙。认为他所见的兰、蕙与《离骚》中的兰、蕙是相同的，都是兰花。[2]这是误读。到南宋时，吴仁杰《离骚草木疏》又还原过来，将兰、蕙仍解为兰草。

兰草为香草，香草全身都香，花、茎、叶都香，为多年生草本植物。古代兰草等于现代什么植物呢，有人说是菊科，不对；因为《本草》中说兰草为方茎对叶，在现代植物学中为唇形科，如薄荷、夏枯草、紫苏等。薄荷，花色紫，或白或黄，茎方，叶对生，有异香。兰草，花红白色，亦方茎对叶，全身香。兰草亦名泽兰，喜生池泽边，今南京鸡鸣寺香市水塘边就生有泽兰。屈赋中与兰相并用的还有蕙，

---

1 按：今本《礼记》无此两句。此见《本草纲目·草部》第十四卷“兰草”目下《正误》，李时珍引《礼记》言：“诸侯贽薰，大夫贽兰。”又《周礼·春官·郁人》目下，贾公彦《疏》引《王度记》云：“凡祭祀之礼，天子以鬯，诸侯以薰，大夫以兰芝。”这里的薰，指的都是蕙草；兰，指的都是兰草、泽兰。

2 黄庭坚《兰说》：“兰生深山丛薄之中，不为无人而不芳，含香体洁，平居与萧艾同生而不殊。清风过之，其香蔼然，在室满室，在堂满堂，所谓含章以时发者也。然兰蕙之才德不同，兰似君子，蕙似大夫。概山林中十蕙而一兰也。《离骚》曰：‘余既滋兰之九畹，又树蕙之百亩。’《招魂》：‘光风转蕙氾崇兰。’以是知楚人贱蕙而贵兰矣。兰蕙丛出，莳以沙石则茂，沃以汤茗则芳，是所同也。至其发华，一干一华而香有余者，兰；一干五、七华而香不足者，蕙也。蕙虽不若兰，其视椒、榝则远矣。”又其《书幽芳亭》：“兰蕙丛生，初不殊也。至其发华，一干一华而香有余者，兰；一干五、七华而香不足者，蕙。”

蕙又名佩兰，也是香草，以产于湖南零陵的最著名，故又名零陵香。

兰草因是香草，古人可以佩在身上，《礼记·内则》“佩帨茝兰”，《离骚》“纫秋兰以为佩”；其材料可以煮水沐浴，称为“兰汤”，如《九歌·云中君》“浴兰汤兮沐芳，华采衣兮若英”；还可以炼成油性的兰膏，兰膏可以点灯，如《招魂》“兰膏明烛，华容备些”；兰膏还可以抹头润肤，如宋玉《神女赋》：“沐兰泽，[1]含若芳。”而黄庭坚所说的兰、蕙，仅花香，茎叶不香，且易萎折，不可纫为佩也，也不可以做兰汤、兰膏。

还有一种名“木兰”的植物，也可简称“兰”。如《九歌·湘君》：“桂櫂兮兰枻。”《九歌·湘夫人》：“桂栋兮兰橑。”此为木本植物的兰，即木兰，香木也。《离骚》“朝搴阰之木兰兮”“朝饮木兰之坠露兮”，即指此。戴震《屈原赋通释》：“木兰，高数仞，皮似桂而香。《广雅》谓之桂兰，或谓之林兰。”可见屈赋关于草本植物的“兰”和木本植物的“兰”两个意象都用上了，不可不辨清楚。

（2）芙蓉。在《楚辞》中很多，如《离骚》：“集芙蓉以为裳。”《九歌·湘君》：“搴芙蓉兮木末。”芙蓉为荷花、莲花的别名，又别称芙蕖、菡萏。荷花生浅水中，夏月开花，花红白色，其实曰莲，地下茎曰藕。还有一种睡莲，夏末秋初开花，重瓣，昼开夜下垂若睡，所以荷花属于睡莲科。荷花艳丽幽香高洁，吴仁杰引周敦颐《爱莲说》，将芙蓉比作“花之君子”。屈赋中还写到荷叶，如《离骚》：“制芰荷以为衣。”《九歌·少司命》：“荷衣兮蕙带。”这里的荷均指大的荷叶，芰指小的菱角叶子。荷叶，古名蘋，《诗经·召南·采蘋》：“于以采蘋，南涧之滨。”《毛传》：“蘋，大萍也。”陆玑《疏》：“今水

1 《文选》李善注：“以兰浸油泽以涂头。”

上浮萍是也。其粗大者谓之蘋，小者曰萍。”荷叶，又称水芙蓉，因荷叶瓣似田字形的四片叶子，其浮在水面上的姿态，恰似一朵朵盛开的绿色荷花，故名。但水芙蓉不是荷花，其属于南星科的浮水植物。

除草本的芙蓉之外，还有一种木本芙蓉。木芙蓉又称地芙蓉、木莲，落叶灌木，其花八九月开，花黄、白或淡红色，耐寒不落，唐宋人叫此为拒霜花。宋苏轼《和陈述古拒霜花》：“千株扫作一番黄，只有芙蓉独自芳。唤作拒霜知未称，细思则是最宜霜。”

（3）桂。《楚辞》中也很多。如《离骚》：“杂申椒与菌桂兮，岂维纫夫蕙茝。”《九歌·湘君》：“桂櫂兮兰枻。”《九歌·湘夫人》：“桂栋兮兰橑。”等等。此桂不等于现在的桂花树，在古代有菌桂、肉桂、牡桂、月桂等多种名称，此桂为香木，属樟科植物，生长于江浙一带，四川最多，广西和广东西南部也盛产此树，所以有“桂林”之称，秦时在此地设置了桂林郡。此桂四季开花结实，所以叫月桂；因木、皮皆香，皮可入酒入药，又称肉桂。《九歌·东皇太一》：“奠桂酒兮椒浆。”《九歌·少司命》：“援北斗兮酌桂浆。”均指此桂树做的酒。

今天的桂花树，古人称为木犀，到北宋时仍如此称呼。桂花树别名丹桂、九里香，花有浓香，可作香料，开白花者称银桂，黄称金桂，红称丹桂。

《楚辞》名物类别很多，需要辨别正名，以便于更好地领会诗中的蕴涵。

二、训诂

学《楚辞》，也要学小学，即解释字义的学问。《尔雅》《广雅》必须读，特别要注意了解一点“方言”。汉扬雄到处收集方言，著

《方言》一书，全名《輶轩使者绝代语释别国方言》，这是我国第一部方言著作。扬雄（前53—18），字子云，西汉末蜀郡成都人，他致力于方言的收集，特别注意楚国方言的收集，《方言》一书中有百分之八十都是楚方言。楚语如兮、羌、些等，现太湖流域人仍保留此语音。楚语与中原话不同，孟轲说楚人为“南蛮鴃舌之人”，语言难懂。[1]当时齐国为中原强国，楚人与齐国交流，也会学齐国话。

《方言》原书十五卷，收录九千余字；今本十三卷，共六百七十三条，收词二千三百余，收字一万一千九百余，后人有所增补。《方言》问世后，为其笺注的人很多，其中最著名的有晋郭璞的《方言注》，清戴震的《方言疏证》，卢文弨的《重校方言》，钱绎、钱侗的《方言笺疏》等。郭璞称《方言》为“奇书”，[2]他取资于晋代语言，以今训古，注音释义，为研究《方言》开启了门径。戴、卢、钱诸家，校勘补正，循声释义，都是研读《方言》的重要参考书。

除《方言》外，抗战前李翘著有《屈宋方言考》一卷，有芬薰馆1925年刊本。此书采屈宋楚语方言加以诠释，征引《方言》《说文解字》《本草纲目》等书，纠正王注、洪补之不足，很有成绩。只是罗列琐碎，不易翻检。

三、声韵

了解《楚辞》声韵，必须研读明代福建人陈第（1541—1617）作的《毛诗古音考》和《屈宋古音义》两书。陈第是明代研究古音

---

1 《孟子·滕文公上》。

2 郭璞《方言注·序》赞《方言》：“真洽见之奇书，不刊之硕记。”

最伟大的学者，《毛诗古音考》和《屈宋古音义》是他的两本不朽之作，两书相互发明，在古音韵方面有廓清乱象、开辟先路之功。

楚声与中原音不同。汉代以后，人们对《诗经》《楚辞》的古音已不甚了了，为求叶韵，就以今音读之，甚至擅改原文，随意转读。自六朝唐宋以来，对《诗经》《楚辞》都改读成韵。南北朝梁沈重《毛诗音义》创"叶韵"说，唐颜师古、李贤注两《汉书》亦倡合韵之说，宋人更提出古韵通转，一字数读，随处可叶，朱熹《楚辞集注》就有此弊端。降至明代，八股取士，肤陋庸妄之学成风。陈第不为世俗所动，他好学深思，卓然特立于百世之上，开创了古音研究的新格局。

陈第的贡献就在于他解决了古音的"叶音"问题。陈第从语音演变的角度，认为古音与今音不同，因"时有古今，地有南北，字有更改，音有转移"，所以不应以今音改读成韵。[1] 陈第指出，《诗经》《楚辞》的古音，原本是叶韵的，不必以今音随意改读，今所谓叶音，实即古本音。

如《离骚》:

> 帝高阳之苗裔兮，朕皇考曰伯庸。摄提贞于孟陬兮，唯庚寅吾以降。……
>
> 启《九辩》与《九歌》兮，夏康娱以自纵。不顾难以图后兮，五子用失乎家巷。

隋唐以来都改读，改"降"为"洪"音，改"巷"为"讽"音，

1 陈第《毛诗古音考自序》。

这样就分别与“庸”“纵”叶韵了。这即改读成韵的办法，这是隋唐以来读《楚辞》的没有办法之办法。陈第认为，古代无叶音，古人之音原与今异，凡今所称叶韵，皆即古人之本音。因为古本音与今音不同，古音读“降”本来就为“洪”音，“巷”本来就为“讽”音。“降”今为去声，古无去声。其实“降”古音“洪”，本来就是平声。“投降”，今江西人仍读“投洪”，“长江”读为“长工”。《孟子·滕文公下》曰：“洚水者，洪水也。”这就是古音。所以降、洪音读相同，不必说叶音；同样的，“巷”古本音即为“讽”，又“巷”一作“閧”，所以根本无叶音之说。[1]

《毛诗古音考》和《屈宋古音义》以成都刻《渭南严氏丛书》本最好；《四库全书》据福建巡抚采进本收录；还有嘉庆十年（1806）虞山张海鹏《学津讨原》本，民国二十六年（1937）商务印书馆《丛书集成初编》，即据此本影印。

陈第破除了古人叶韵之说，开后人研究古音之风气。清代顾炎武《诗本音》、江永《古韵标准》，正是在陈第研究的基础上，对古韵做了更精审分类的阐释。受陈第影响，清代研究楚辞古音义的学者，如戴震《屈原赋音义》、王念孙《毛诗群经楚辞古韵谱》、江有诰《楚辞韵读》等，对楚辞古韵都有所补正发明，可以参考。

四、校勘

校勘文字，订正古籍，需精通音韵、文字、训诂之学，有时还需与其他文献材料比对辨析，才能发现原书的错误，加以补正。这是一

---

1 参见陈第《屈宋古音义》。

项很不容易的工作。现以校勘《楚辞》为例，介绍几种著作。

（1）王念孙《读书杂志》《余编》

王念孙（1744—1832），清江苏高邮人，受业于戴震，精通音韵训诂之学，著《广雅疏证》二十三卷，《读书杂志》八十二卷，《余编》二卷系其子王引之据其遗稿刊刻。《余编》中颇多校勘《楚辞》的论述。此书以形音义相互推求，校正文字，探明古义，解决了《楚辞》中很多问题。

（2）孙诒让《札迻》

孙诒让（1848—1908），清经学家，古文字学家。《札迻》十二卷，计校书七十八种，校文一千五百余条，对古籍校勘多有发明，其书卷十二对《楚辞王逸注》有所校订，可参考。

（3）刘师培《楚辞考异》

刘师培（1884—1919），近代学者。《楚辞考异》十七卷最早刊于《国粹学报》第三十五种，后收入《刘申叔先生遗书》中。此书以洪兴祖补注本为主，采辑宋以前文献中所引楚辞，"胪列异文"，"订正误字"，"以补宋人校记之缺错"。此书考辨《楚辞》文字之异同，征引资料宏富，足资参考。

（4）闻一多《楚辞校补》

闻一多（1899—1946），现代学者。《楚辞校补》有民国三十一年（1942）国民图书出版社印本，民国三十七年（1948）开明书店刊《闻一多文集》本。此书以《四部丛刊》洪兴祖《楚辞补注》为底本，博采各家意见，对《楚辞》文字作了校补工作，是《楚辞》校勘的重要参考书。

第五章

楚辞辨名

楚辞名称约有四种。

一、楚辞

最通用的名称为此。“辞”是什么？同声不同义的在《说文解字》中有三：

（1）辭《说文·辛部》：辭，讼也。从𤔔从辛。𤔔，理也，犹理辜也。辛、辜、辠，犯法也，从辛从自。自，古鼻字，言辜人蹙鼻苦辛之忧。辠，罪也。

辭，本意为辞讼，即打官司、断案，这是辞讼的本字。一边从𤔔，一边从辛。𤔔，即现在的“乱”字，由爪（爪）又构成。爪即现在“抓”字。𠬪（妥）读若摽。中间的𢆶，幺为丝形，工为架子，即上一手下一手在架子上理丝。𤔔本意为治，即治丝。所以《论语·泰伯篇》记周武王曰：“予有乱臣十人。”乱臣，就是能治理天下的人，因为乱本字即二人理丝。辛，《说文》读若愆。上面“二”即“上”字，下面“𢆉”即干犯。奴隶、农奴如干犯奴隶主、农奴主即罪过，即是愆。干上为辛，《说文》：辛，从一，从䇂。“一”者，“道立于一，造分天地”。古代文字构造，如＝笔画均衡，表示上一横为天，下一横为地；如二横笔画不均衡，二即为上，二即为下，甲骨、金文即如此。后篆文上、下为丄、丅。在《说文》之前的甲骨文中䇂、辛不分，前一横者表示天，后二横者表示上，意思相近；而屰为人形大的倒写，人本应头在上足在下，而现在头在下足在上，可见是逆天犯上，为罪人也。辛，同辠。辠即指本身有罪。上为自，为鼻形，所以人们讲自身有罪，往往以手指鼻，而下为辛，为干犯上人，逆天犯上的罪人重者可判磔刑。辛，又同“辠”，辛为辣物，吃了很苦，所以辠为辛苦，好像把辣物放入鼻子中，很是辛苦，即受刑法之意。

可见辭为会意字，从𤔔从辛，打官司要分清是非，双方各以辞辩护，通过辞讼判别清楚。这即“辭”字的本意。

（2）辤《说文·辛部》：辤，不受也，从受，从辛，会意字，本意为“受辛不受”，即辛辣之物我不需要，所以辞不受也。推辞、辞谢、辞别源于此。辤，古籀文从台，字形为辝。段注：“和悦以却之，故从台。”

（3）詞《说文·司部》：詞，从司从言。段注：“司者，主也。意主于内而言发于外。”即以言表达自己思想也。这就是“词”的本意。《楚辞》之“辞”实即采用《说文》中这个“词”字之意，所以楚词实即楚人表达思想的语言也。

辭、辤、詞，这三字同声，古代凡同声字都可同声假借（在今天就是别字），所以楚辞之辞有两写法：一为楚辞，为假借字，用辞讼之辞，如刘向、王逸都用此；一为楚词，《说文》中所引都称楚词，即用“词”的本意。如《说文·蒦部》蒦字下引《离骚》：“求矩矱之所同。”即称“楚词曰”云云。[1]另外《汉书·朱买臣传》也有“楚词”的记录：“会邑子严助贵幸，荐买臣。召见，说《春秋》，言楚词，帝甚悦之，拜买臣为中大夫，与严助俱侍中。”朱买臣为吴人（亦说为嘉兴人），通经学、楚词，汉武帝召见他，重用为会稽太守（当时苏州为会稽郡）。可见楚辞最早称“楚词”，在淮南王刘安、贾谊、朱买臣之时尚未用“楚辞”其名。最早见到“楚辞”名称当在汉武帝时。司马迁修《史记》在汉武帝天汉前后，他在《史记·酷吏列传·张汤传》中也记载了朱买臣事：“始长史朱买臣，会稽人也，读《春秋》。庄助使人言买臣，买臣以楚辞与助俱幸侍中，为大中大夫。”（按：中，天子也。侍中即给天子当差的，天子的夜壶、痰盂都由侍中捧奉，很卑贱。朱后为张汤所杀。）朱买臣死于前115年，可见楚词名称此时已改成“楚辞”了。

进一步说，为何叫楚辞？为何特别叫“楚”呢？楚为地域名称，在中国东部偏南，主要是江水、汉水流经之地。其所以叫楚辞，因为从声音上说，此诗歌含楚声。从文学史上看，音乐与诗歌的关系至为密切，凡一代有新音乐产生，诗歌也会出现新的体制，所以诗歌随音乐变，音乐变，诗的形式也变。这里例子很多，如唐代，西域音乐输入，本土音乐受到影响，乐府诗、律诗、绝句体式也受其影响，很多都能入乐歌唱，如《凉州词》《渭城曲》等。北宋民间俗乐发展，慢词也即由此诞生，以俗乐填出慢词。所以音乐与诗歌原本相互配合，

---

1 此据徐铉校定的《说文解字》（世称大徐本）。而徐锴《说文解字系传》（世称小徐本）和段玉裁《说文解字注》此处均作“楚辞”。按许慎《说文解字》引用《离骚》《天问》等诗篇，大徐本七处均作“楚词”；小徐本五处作“楚词”，两处作“楚辞”；段注本四处作“楚词”，三处作“楚辞”。但段注也说：“许书皆作楚词。”（见《说文·页部》颢字下段注）

但随着时代变迁，音乐散失，诗仍存在，但不能唱了。如唐诗，大都存在，至今仍有人作七言、五言诗，但不能唱。北宋俗乐无存，但慢词仍在，元明清至今仍有人填词，但不能唱。所以音乐与诗歌始合终离。古代文化散失最大的为音乐，因为一个时代的音声，时过境迁，音声也就慢慢流失了。古人很少有填词记谱的材料记录，即使如兴盛的唐代也很难找到记谱的材料。

向前再看战国时楚地音乐。楚乐与北方中原音乐不同，《诗经·小雅·鼓钟》："以雅以南，以籥不僭。"雅是北乐，南是南乐，可见西周末讲音乐已分南北派，显示南北音乐的不同。

到了楚汉相争时，出现了"楚歌"。最早见于《史记·项羽本纪》和《史记·高祖本纪》的记载，说项羽、刘邦皆能为楚歌，项羽唱《垓下歌》，刘邦唱《大风歌》。楚歌是什么样子，可以从史籍中推衍出。大约从战国末期到西汉，讲楚代表南方，与北方齐相对立（齐国位于泰山北山东半岛，以青州为中心），因齐国人与楚国人不同。齐俗"舒缓"。[1]齐国出学者，当时文化最高。齐人动作舒缓，衣服宽大，士大夫冠高袖长，走路拖沓。楚俗"剽疾"，[2]动不动就急疾使气，尽情拍打。如叔孙通，其人是北方学者，善投机。他身穿儒服去投效汉高祖，高祖知他为儒者，憎之不见。叔孙通乃改易服饰，"短衣楚制"求见。汉高祖高兴，重用他。[3]另汉成帝时，朱博任琅琊太守。琅琊为古齐地。朱博有法家思想，他到任后见属官动作舒缓，改令不准穿宽大衣服，"衣皆去地三寸（离地高三寸）"。汉代一寸

1 《汉书·地理志》。

2 《史记·留侯世家》。

3 事见《汉书·叔孙通传》。

比今市尺打六折，三寸即一寸八，改的很小，但当时改革算很大了。“去地三寸”即楚俗。[1]晋潘岳诗：“朱博纠舒慢，楚风被琅琊。”[2]以衣裳比，南北就不同，音乐也如此。

楚乐与北方音乐不同。汉朝时称北方音乐为雅乐，雅乐外，称赵、代、秦、楚等地的音乐为俗乐。汉武帝尊崇儒术是一种政治手段，并非爱好。他是以儒术统一思想，爱好却不在此。据《汉书·礼乐志》载：武帝时，河间献王刘德通经术，爱好雅乐，他把中原雅乐都献到长安，但武帝不喜中原雅乐，他设立乐府，大量收集赵、代、秦、楚之讴，以李延年为协律都尉。可见他爱好的仍是楚乐等俗乐。因为俗乐节拍急，张扬放肆，对感官刺激性强，而雅乐曲调迂缓收敛，不够刺激。

楚辞是否可以唱呢，这不好说。但可以肯定地说，楚辞读时有音调，发出的是楚声。《太平御览》卷五八九引刘歆《七略》载：汉宣帝与乃祖汉武帝一样，喜文学，好楚辞，他召见九江被公为他诵读楚辞。“被公年衰老，每一诵，辄与粥。”《汉书·王褒传》也有类似记载：宣帝时“征能为楚辞九江被公，召见诵读”。这里的“诵”，不是歌，而是具有楚地声调的朗读。另前引《汉书·朱买臣传》，朱买臣为武帝召见，“说《春秋》，言楚词”。“说《春秋》”，是指解释《春秋》经义，如《春秋》经文：“元年，春，王正月，公即位。”这是不能唱的。“言楚词”，这里的“言”不等于说。《论语·述而》：

---

1 事见《汉书·朱博传》：朱博“迁琅琊太守，齐部舒缓。……敕功曹、官属多褒衣大袑，不中节度，自今掾史衣皆令去地三寸。……视事数年，大改其俗，掾史礼节如楚赵”。

2 潘岳《河阳县作二首之二》，见《文选》卷二六。

"子所雅言,《诗》、《书》、执礼,皆雅言也。"雅者,正也。孔子说正即是雅。孔子生东鲁,说东鲁方言,但读《诗》《书》和执礼时,用的是正言(类似今北京话)。执礼即给人赞礼。湖南1949年之前,地主办丧事,专门请职业赞礼人来,赞礼过程又似说,又似唱,声音很怪,带音乐性。可见"言"即是以一种腔调来读的,"言楚词"即是以楚声腔调诵读楚词。

再看"诵"的意思。朱买臣是古今闻名的人,"马前泼水"故事家喻户晓。这故事将两人都歪曲了,把朱买臣写得太刻薄,其妻也并非如此不堪。《汉书·朱买臣传》载:朱好读书,家贫,以砍柴卖以度日。"担束薪,行且诵书,其妻亦负戴相随。数止买臣毋歌讴道中。"朱仍诵,妻羞怒,另嫁人。一天与后夫上坟,见朱,还给朱饭吃。后来朱到长安被荐,作了家乡的会稽太守。朱赴任后,县官要人修路便其通行。朱经过本乡,其妻与后夫正站在道路旁,朱坐于马车上看见妻子,就呼妻与后夫坐后车,载至府上,供养于府后屋,妻羞愧上吊死。可见并非"马前泼水"之说。此传说在隋前就有,中唐画评家张彦远《历代名画记》,有一张"泼水画",即朱买臣夫妻故事,画者为隋代展子虔。"泼水画"故事有两说,一说为姜太公事,一说为朱买臣事。其实还是以朱事为宜,因姜太公事后人很少提及。可见隋以前就有此故事。

朱买臣夫妻离婚与诵楚辞有关。朱"担束薪,行且诵书",妻不满而离婚。什么是"诵",其定义见于《周礼·春官·大司乐》。大司乐中有"讽诵"二字,郑玄注解释为"倍文曰讽,以声节之曰诵"。"倍"同"背",即背书叫讽,以声音调节之叫诵。《说文》误将讽、诵二字训为一义,而段玉裁据《大司乐》郑玄注析为二义,认为“背诵不开读也；诵则非直背文，又为吟咏，以声节之”。[1]所以被公之“诵”，朱买臣之“诵”，即是“以声节之”。

诵是否为歌呢？不是。《汉书·诗赋略》说：“不歌而诵谓之赋。”所以诵与歌是不同的。不同在于：诵，以声节之；歌，有乐器伴奏。有时也有徒歌，为一人唱。南朝时徒歌称为咏。《晋书·袁宏传》载：将军谢尚守牛渚（今安徽采石矶），一夜乘月微服泛江，忽听到江上有“讽咏声”，原来是袁宏押运粮米时在船上唱的，后二人遂成为至交。袁宏的讽咏，即为徒歌。

读诗，古人是以方言读的，所以要了解各地的方言。《晋书·谢安传》载：谢安住会稽（今浙江绍兴），他原是北方人，能为“洛下书生咏”，名流们都学他。谢安“有鼻疾，故其音浊。名流爱其咏，而弗能及，或手掩鼻以学之”。隋代和尚道骞，“能为楚声，音韵清切”，即清朗流利好听，所以一般人读楚辞都向道骞学习。可见从汉到隋，将屈原、宋玉等人的作品称之为楚辞，是从声音上讲的。楚辞虽不以乐器伴奏，但诵读时是有音调的，是一种音乐性的声音。

楚辞用楚语，发楚声，记楚地，名楚物，极具地方色彩。[2]如屈原为湖北秭归人（此据《水经注》说秭归有屈原冢），一说为峡中人；宋玉为江陵（今湖北荆州）人。与楚辞有关人物和好楚调的，如刘邦为沛人（今江苏徐州沛县），项羽为下相（今江苏宿迁）人。诵

---

1 《说文·言部》讽字、诵字下段注。

2 宋黄伯思《东观余论·校定楚辞序》：“屈宋诸骚，皆书楚语，作楚声，纪楚地，名楚物，故可谓之‘楚辞’。若些、只、羌、谇、蹇、纷、侘傺者，楚语也。顿挫悲壮，或韵或否者，楚声也。湘、沅、江、澧、修门、夏首者，楚地也。兰、茝、荃、药、蕙、若、蘋、蘅者，楚物也。他皆率若此，故以楚名之。”（据《宋文鉴》卷九二）

楚辞的朱买臣为会稽人，被公为九江（约为湖北广济至安徽望江沿江一带）人。可见都是楚地人。所以研究楚辞、楚声，还需了解屈原时代的领土范围。

楚领地有关参考资料有：

（1）《史记·苏秦列传》：苏秦到楚国，对楚威王说：楚国领土“西有黔中、巫郡，东有夏州、海阳，南有洞庭、苍梧，北有陉塞、郇阳，地方五千余里”。

（2）《史记·货殖列传》记录最详。楚国领土当时很大，分为西楚、东楚、南楚三部分。

（3）《汉书·高帝纪上》：“（项）羽自立为西楚霸王”文下文颖注据《史记·货殖传》扼要介绍了三楚的范围：“淮以北，沛、陈、汝南、南郡为西楚。彭城以东，东海、吴、广陵为东楚。衡山、九江、江南、豫章、长沙为南楚。羽欲都彭城，故自称西楚。”[1]又孟康、颜师古注，都认为彭城为西楚。

（4）《汉书·地理志下》后半节，简要介绍了楚国领土及扩张领土的历史。

以上多为汉朝郡名。西楚，东自苏北、河南南部至湖北西部荆州、宜昌一带，可能达川东。刘邦、项羽、宋玉均为西楚人，所以《史记》称项羽为西楚霸王；东楚，自徐州东、山东南、江苏北沿东海岸至吴（江浙一带、太湖周边），朱买臣属东楚人；南楚，为皖南一部、江西大部、湖南大部、湖北一部，屈原、被公为南楚人。因江水向东北流，古代湖北长江以南部分及江西、湖南一带叫江南，南京一带叫江东，不叫江南。

---

1 按文颖，魏晋人，《汉书》注家之一。

历代地名演变是专门之学，研究历史地理学的应了解，要查工具书。有关书籍有：

（1）李兆洛《历代地理志韵编今释》《历代地理沿革图》。

（2）杨守敬《历代舆地图》。

（3）臧励龢等《中华地名大辞典》。

二、骚

《史记·屈原列传》中，讲屈原"《离骚》者，犹离忧也"，这是就作者情绪和文章内容所做的判断，认为《离骚》是遭忧而作的。骚者，忧也。王逸《楚辞章句》训："离，别也；骚，愁也。"忧、愁相近。可见二人指出屈原因遭忧、愁而作《离骚》。

屈原作品首篇为《离骚》，后世称屈原以下所有楚辞作品为"骚"。这一称谓始于魏晋，比称楚辞为晚。所据史料有：

（1）郭璞有关注文。郭璞，魏晋之交人，大注释家，有《三仓注》[1]《方言注》《尔雅注》《山海经注》《穆天子传注》《楚辞注》《子虚赋注》《上林赋注》等。[2]郭璞在注中常常引用楚辞文章，他在《方言注》称《楚词》，在《尔雅注》《山海经注》中不称《楚辞》而称"骚"，如《尔雅·释天》"暴雨谓之冻"，注引《离骚》云："使冻雨兮洒尘。"引《离骚》之语，实见于《九歌·大司命》，这里他称

---

1 三仓，又称三苍。郭璞将当时流行的字书李斯《苍颉篇》、扬雄《训纂篇》、贾访《滂喜篇》合为一集加以注释，名《三仓注》。见《隋书·经籍志》。

2 见《晋书·郭璞传》。

《九歌》为“骚”。如《山海经·大荒北经》“烛龙”条，注引《离骚》曰：“日安不到，烛龙何照？”这两句话见《天问》，但郭不叫《天问》，而叫《离骚》。烛龙为古神话，传说北地阴暗，北方人认为有白天、黑夜，是因为烛龙眼睛亮，睁，就是白天；闭，就是黑夜。屈原打破迷信，用反诘语，说天的黑白是由太阳出与不出决定的。屈原有怀疑精神，他作《天问》引神话，不是信它，而是怀疑质问。他为求真理，对神话持怀疑批判态度，这是科学精神的萌动。再如《山海经·海外东经》“汤谷”条，注引《离骚》曰：“羿焉弹日，乌焉解羽？”这两句话也出自《天问》。又《山海经·大荒东经》“东海之外大壑”，注引《离骚》曰：“降望大壑。”此实出于《远游》。郭注称全部楚辞为《离骚》，例子很多。但也有径称楚词者，如《山海经·海内南经》“巴蛇”条，注引《楚词》曰：“有蛇吞象，厥大何如？”此处出自《天问》，[1]但郭注称《楚词》，未称《离骚》，这在郭注中是个例。巴蛇吞象传说源自西南部，四川西部称“巴”。《说文》：㔬，形如蛇。传其身大，可吞象。

（2）南齐刘勰《文心雕龙·辨骚》，即以《离骚》概括楚辞全体。

（3）梁萧统《昭明太子文选》卷三二、三三“骚类”，就收有《离骚》《九歌》《九章》《卜居》《渔父》《九辩》《招魂》《招隐士》，共八篇，统称为“骚”。

（4）北朝魏郦道元《水经注》卷三六“温水注”引“《山海经》曰：离耳国、雕题国，皆在郁水南。……《离骚》所谓玄国也”。玄国是什么？《离骚》中只有“玄圃”，在昆仑山上。此玄国指的是《招魂》上的“雕题黑齿”的雕题国。《水经注》载雕题国在郁

---

1 按今《天问》文为“一蛇吞象，厥大何如”？

水南，其民把头上雕成花纹，把齿染黑。这种人即《史记》所说的“僰人”，又称“摆夷”。如今云南西部傣族仍纹身黑齿，傣族少女皆如此。

以“骚”为楚辞整体名称，不仅魏晋南北朝如此，影响所及，历代认同者都有，如南宋朱熹《楚辞集注》就把《离骚》加到所有楚辞上面，题目依次为《离骚经第一》《离骚九歌第二》《离骚天问第三》……《续离骚九辩第八》……。清代金圣叹《唱经堂汇稿·序骚》、屈复《楚辞新注》皆沿其说。

三、经

汉武帝时，淮南王刘安及其门客辑录楚辞，随后受命作《离骚传》，确有把《离骚》当作经的意思，只是没提出“经”名；[1] 刘向校定楚辞成十六卷本，可能已加上“经”名，这只是推测。以后班固作《离骚经章句》、贾逵作《离骚经章句》，确已把《离骚》推崇为“经”。王逸根据刘向十六卷本成《楚辞章句》十七卷本，认为“《离骚》之文，依托《五经》以立义”。[2]“及汉宣嗟叹，以为皆合经术。”[3] 以《离骚》为经，从而确立了《离骚》的崇高地位。

为何把《离骚》升格为“经”，是因为统治者和具有正统思想的文人，把屈原当作大忠臣，不是当作大诗人，把《离骚》不当作诗

---

1 至于王逸《离骚经后叙》云：“武帝使淮南王安作《离骚经章句》。”显然是王逸加上的。

2 见王逸《离骚经后叙》。

3 见刘勰《文心雕龙·辨骚》。

看，而是当作“经”看，借此宣扬忠君圣贤思想。《离骚》尊称为“经”，就像唐代统治者崇信道教，将老子书称《道德真经》、庄子书称《南华真经》一样，以此说教，维护其封建伦理道德。

四、赋

班固《汉书·艺文志·诗赋略》据刘歆《七略》，将屈原作品列入“赋”类。《诗赋略》赋类分为四家，首列屈原赋二十五篇，以屈原为辞赋之祖；后列陆贾赋、孙卿（即荀况）赋、杂赋三家。

为何称为“赋”？“诗三百篇”把赋当成一种创作手法，当成六义之一，即风雅颂赋比兴。但汉人称屈原作品为赋，不是赋比兴之赋，而是认为屈原作品隐括六义，继承了“诗三百篇”传统，应与“诗三百篇”等同相视。

《汉志·诗赋略》说：“大儒孙卿及楚臣屈原离谗忧国，皆作赋以风，咸有恻隐古诗之义。”

班固《两都赋序》说：“赋者，古诗之流也。”

杨修《答临淄侯笺》中也持此说：“今之赋颂，古诗之流。”[1]

总之，这一称谓把屈赋的地位抬高了，使之与“诗三百篇”享有同样高的地位。清戴震的《屈原赋注》即是据班固《汉志·诗赋略》及《两都赋序》命名的。

---

1 见《文选》卷四〇。

五、诗

上面四种称谓，名“楚辞”，以声音言；名“骚”，以情志言；名“经”，以政教地位言；名“赋”，以文学地位言。但这都不是屈原作品的初始名称。从文体上看，屈原作品的原初名称应该为“诗”。我们可以从屈原及后人有关作品中找到证据。

（1）楚国人凡是歌诵的都称为诗。

如《九歌·东君》：“翾飞兮翠曾，展诗兮会舞。”

《大招》：“二八接舞，投诗赋只。”

楚俗祭祀时，由巫觋陈诗起舞，婆娑乐神。又是诗，又是舞，即歌诗与舞蹈节拍相结合。这种巫歌就叫诗。

（2）屈原称自己文章曰诗。

如《九章·惜往日》：“惜往日之曾信兮，受命诏以昭诗。”[1]

《九章·悲回风》：“介眇志之所惑兮，窃赋诗之所明。”

《九章·抽思》：“道思作颂，聊以自救兮。”屈原被放逐汉北时很苦闷，所以一边行路，一边作诗。按颂即诗，这两句来自《诗经》，《小雅·节南山》：“家父作诵，以究王讻。”《小雅·巷伯》：“寺人孟子，作为此诗。”《大雅·崧高》：“吉甫作诵，其诗孔硕。”《大雅·烝民》：“吉甫作诵，穆如清风。”屈原此形式即来自《小雅》《大雅》。《九章·橘颂》，题目“颂”即为诗，类如《诗经》中的《鲁颂》《周颂》《商颂》。

（3）屈原弟子宋玉作文哀悼屈原，也称屈原的作品为诗。

如《九辩》：“然中路而迷惑兮，自压桉而学诵。”这是描写老师

---

1 此篇是否屈原作，有争议。

屈原的，屈原途中心思迷乱，伏案作诗以言志。这里的诗概指《离骚》《九歌》等作品。

（4）汉人也有此称呼。

如庄忌《哀时命》："志憾恨而不逞兮，抒中情而属诗。"庄忌哀屈原不应早死，他把自己拟屈原的作品也称为诗。按庄忌是西汉早期人，其子严助曾侍汉武帝，可见庄忌之时还没有楚辞名称。

王褒《九怀·陶壅》："悲九州兮靡君，抚轼叹兮作诗。"王褒，汉宣帝时人，《九怀》为怀屈原而作，仍云"作诗"。

刘向《九叹·远逝》："舒情陈诗，冀以自免兮。"自免，自救也。

可见，屈原作品从本质上看，原初名"诗"，其他四种称谓都是后人从不同角度加上的。

第六章

屈原生平与作品

研究屈原生平事迹是依据司马迁《史记·屈原贾生列传》和刘向《新序·节士篇》。读此两文可知屈原生平活动，但屈原的生年、卒年则从两篇中找不到。研究屈原生卒年是从清人开始的。

一、屈原的生卒年

清代陈玚作《屈子生卒年月考》，是最早专门研究屈原生卒年的学者。陈玚，字子瑨，江宁（今南京）人。清代考据学最好的是历算，中国最大的历算家梅文鼎（1633—1721）就活动于康熙年间。他是安徽宣城人，但长期住在南京，南京人受其影响，出了不少数学家，陈玚、谈泰[1]就名列其中。陈玚因为精通数学，懂天文历法，才有条件去探究屈原的生卒年，写了《屈子生卒年月考》的文章。太平天国后，南京词人端木埰刻白文本《楚辞》，把陈文附刻在后面。[2]

那么，考订屈原生卒年的根据从何而来？陈玚主要是依据《离骚》

1 谈泰，江宁人，得梅文鼎之传，精于天算，著有《测量周径正误》等二十余种。

2 见清光绪二年丙子黎阳端木埰刊巾箱本《楚辞》附录。按：端木埰，字子畴，黎阳（今河南浚县）人，后寓居江宁，与陈玚“谊兼师友”。

开头第三、四句“摄提贞于孟陬兮，惟庚寅吾以降”。陈的考证有一定程度的精确性，但也有问题。所以屈原生卒年至今还是个有争议的问题。

《离骚》开始这几句是作者自述。三、四句解释为：

“摄提”，《尔雅·释天》：“太岁在寅日摄提格。”有称“摄提”，此为寅年的别称，系春秋时外来语。

“贞”，当也。

“孟陬”，孟，始也；陬，夏历正月的别名。正月为一年之始，又是孟春三月，故称孟陬。

“庚寅”，为日子。庚，天干；寅，地支。古代历法，天干十个，地支十二个，两者相合成六十天，每个干支记一天。我国最早以干支记日，后来农历才以数字记日。

“降”，生也。

综上，这两句是作者自述：当寅年正月庚寅日，我降生了。

这里“太岁在寅”很难解释。其实“太岁在寅”是就方向说的。如图：

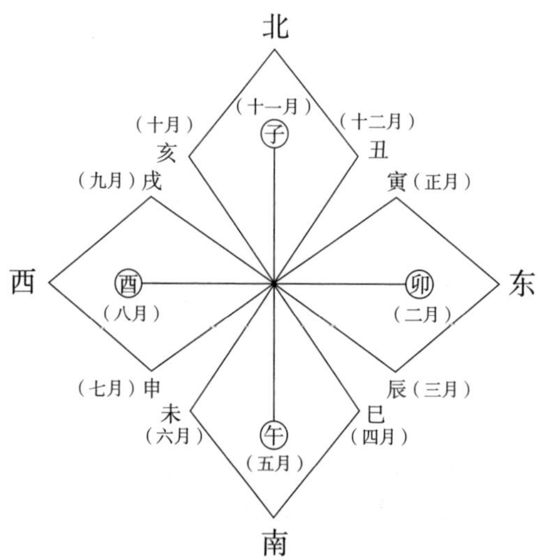

此是夏正图。

春秋战国时，历法有三正，即夏正、殷正、周正。当时历法尚未统一，各诸侯国可以根据所处地理环境采用不同历法。

夏正有点像今农历。它以寅为正月，卯为二月，辰为三月……子为十一月，丑为十二月。夏正正月（建寅之月），恰等于今农历正月。

殷正以丑为正月（建丑之月），等于今农历十二月。楚早期用殷正，后改用夏正。

周正以子为正月（建子之月），等于今农历十一月。

太岁，是指天上岁星说的。岁星即行星中最大的木星，其周围还有四个行星。"太岁在寅"，即正月早晨可以见到木星高悬在东方；如"太岁在子"，十一月早晨木星从东方刚刚出来。如此推算，结论为屈原是"太岁在寅"那年正月生的，是寅年、寅月（夏正寅为正月）、寅日降生的。

古代算法与后来不同。民间五行家算命，称八字，即年有甲子，月有甲子，日有甲子，时有甲子，共八个字，算八字唐代以后才如此。唐代以前只算六个字，即年、月、日，时除外。所以屈原不说时，只讲年、月、日。以此甲子推算，据《史记・六国年表》，则屈原当生于楚宣王二十七年（周显王二十六年），即公元前 343 年，因为以甲子算，这一年太岁在戊寅。当时楚国用的是夏正，楚宣王二十七年正月朔（大年初一），干支为己巳，推算到正月二十二日，干支恰为庚寅。如照周正（建子之月）算，楚宣王二十七年正月等于周显王二十六年三月，周正此月无庚寅日子。可见陈玚的推算有其合理性、可信性。

以上可见陈玚的算法相当正确，但也存在待解开的问题。问题即出在“摄提（格）”上。因为“摄提”当时有两个用法，一指岁名，如《后汉书·张纯传》：“摄提之岁，苍龙甲寅，德在东宫。”苍龙，太岁也。东汉光武帝建武三十年为太岁甲寅，是岁“德在东宫”。陈玚即据岁名推算屈原生日的。摄提另一用法是指星名，《史记·天官书》：“察日月之行以揆岁星顺逆。”古代用岁星纪年，岁星约十二年运行一周天。今农历正月、二月……即是按星名定的。这里先要了解北斗星。如图：

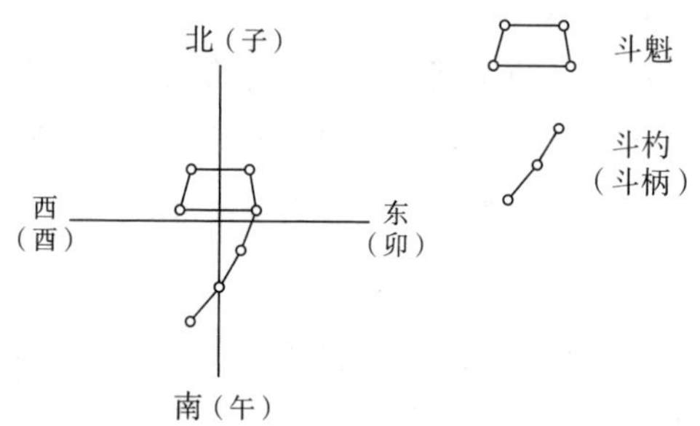

北斗星每年转 360°，看其斗杓定四时。斗杓指东为春；指南为夏；今天是阳历十月十九日，阴历为九月二十三日，[1] 斗杓指西，为秋；冬天时，斗杓指北。[2] 北斗天顶为中宫。北斗斗杓附近有六个小星叫摄提，在斗杓第七星近处。斗杓转，六个小星也转，斗杓指东，它也指东。有人说，夏正庚寅日，斗杓在正月，指东北。即十一月指正北，十二月指北之东，正月指东北，二月指正东。“摄提（格）”

---

1 按：此系小石师 1954 年当日授课的时间。

2 《鹖冠子·环流篇》：“斗柄东指，天下皆春；斗柄南指，天下皆夏；斗柄西指，天下皆秋；斗柄北指，天下皆冬。”按：鹖冠子，道家学派人物，楚国人，约活动于战国中后期。

为星名，随斗杓转，斗杓在正月指东北，摄提也指向东北。

以上两说，王逸取第一说，朱熹取第二说，这就出现了矛盾，得不出屈原的生年了。如果信陈玚说，就得先定太岁在寅曰摄提，是岁名；但也要指出还有另一说，即摄提是星名，西汉人书中都把摄提当星名。事物都是相对的，都各有理由。权衡一下，还是陈玚说的在理，我们就假定屈原生在公元前 343 年。

有关屈原卒年，争辩很多，先不谈。

二、屈原的历史存在

历史上，对屈原的生卒年有疑问，有不同意见，但对屈原其人是否存在是没有疑问的。大约在五十年前，四川今文经学大师廖平在其著作《楚辞新解》(后改名《楚辞讲义》) 中，[1] 却怀疑屈原的存在。其理由有二：(1)《史记·屈原贾生列传》中，所记屈原事迹文理不通，前后矛盾，所以屈原其人是假的；(2) 廖平把古代书籍分为天学、人学两类，《周易》《诗经》等属天学，《尚书》《春秋》等属人学。他把《楚辞》列为天学，认为《楚辞》是秦始皇时人作的。《史记·秦始皇本纪》三十六年，始皇帝在咸阳叫博士写诗赞美神。博士写了《仙真人诗》，此《仙真人诗》即是《楚辞》。

廖平的说法很不通。第一，《史记·屈原列传》文理不通处是有的。《传》中文理不通是一个问题，屈原的存在是另一个问题，两者

---

1 廖平（1852—1932），字季平，四川井研县人，今文经学家，尊今抑古，为文多牵强附会之言。《楚辞新解》写于 1906 年，1921 年改名为《楚辞讲义》，此书 1934 年刻于《六译馆丛书》中。

是无关的，以此否定屈原的存在是犯了形式逻辑的错误；第二，《仙真人诗》一向不知是什么内容，而廖无根据地说为《楚辞》，是主观臆断。且屈原是南方人，《楚辞》中都是南方话，而咸阳在北方，这将如何解释？廖平其师王壬秋[1]晚年注《墨子》，墨子死后，“以钜子为圣子”，王说墨子党徒“钜子”为“十字架”也，这很荒谬。老年学者有怪脾性，文章往往发一些不通的谬论。

廖平后，近三十年来，怀疑屈原存在的还有，其人即是胡适。1922 年，胡适在《努力周刊》“读书杂志”一栏发表《读楚辞》一文，怀疑屈原的存在，理由有三：（1）与廖平一样，认为《史记 · 屈原列传》前后矛盾，所以怀疑屈原的存在；（2）据《史记 · 屈贾列传》贾生传中一段话：“孝武皇帝立，举贾生之孙二人至郡守。而贾嘉最好学，世其家，与余通书，至孝昭时，列为九卿。”认为不仅屈原存在成问题，连《史记 · 屈贾列传》也有问题。因为从时间上考察，西汉经高、惠、文、景、武、昭、宣、元、成、哀、平、孺子婴、王莽诸代。司马迁是在武帝时作的《史记》，其死期，据张鹏一刻《太史公年谱》（见《关陇丛书》）及王国维《太史公行年考》考订，司马迁在汉武帝驾崩前就死了。武帝后，才是昭帝，司马迁怎能在未死时就写出孝昭事呢；（3）从伦理观点看，屈为忠臣，以屈原这种忠君爱国的人，在汉以前是不会产生的，只有到汉武帝后才有。所以此忠君爱国观念与历史时代不合，是违反历史的。像屈原

1　王闿运（1833—1916），字壬秋，清光绪进士，学者，文学家，有《湘绮楼全书》。

这种“箭垛式”人物，在战国时不可能出现。[1]

屈原在历史上是否存在，首先我们应持肯定态度。刘勰《文心雕龙·辨骚篇》：“不有屈原，岂见《离骚》？”从历史发展眼光看，屈原创作《离骚》，并非天上掉下来的，而是有一定历史和现实基础的。虽说讲历史不应过分强调个人的作用，但个人作用（尤其是“箭垛式”人物）确实能影响历史的发展。试想，如果没有屈原创造性地写出《离骚》等作品，文学史又怎能显示楚辞的丰彩呢。

廖平，胡适否定屈原的存在，都是源自《史记·屈原贾生列传》。所以要搞清此问题，就必须了解《史记》的成书过程。

《史记》今存130卷，当时不叫《史记》，叫《太史公书》，《史记》名称是后人加的。司马迁作《史记》时，材料来源有三：

（1）根据古代典籍及文献档案，这是最大部分。

（2）得自传闻，这是一小部分。如项羽故事，是听儒者周生说的，说项羽和舜一样，眼睛都有“重瞳”。[2]如荆轲故事，是从朋友公孙和董生那里听来的。[3]

（3）亲见亲历，这也是一小部分。如《淮阴侯列传》：“吾如淮阴，淮阴人为余言。”如《孟尝君列传》：司马迁亲访孟尝君当年的领地“薛”，称“该地风纪极恶，村里子弟凶暴者居多”。再如《李

---

1 胡适《读楚辞》说：“屈原是谁？这个问题是没有人发问过的。我现在不但要问屈原是什么人，并且要问屈原这个人究竟有没有。”“《史记》本来不很可靠，而《屈原贾生列传》尤其不可靠。”“屈原是一种复合物，是一种‘箭垛式’的人物，是后人根据需要而塑造出的‘传说’式的人物。”

2 《史记·项羽本纪》。

3 《史记·刺客列传·荆轲传》。

将军列传》中的李广、《游侠列传》中的郭解，作者都亲自见过传主。一些地理上的事也是作者亲自察访的，如屈原沉渊处，他也亲赴长沙汨罗江畔凭吊过。[1]司马迁自小即为旅行家，走遍中国本部。汉通西南夷（今云南一带）后，他也去过。[2]

所以《史记》从材料说，是拼凑成的，事迹来源不完全统一。而且这是一部未完成的书。书未全部完成，司马迁就死了。这书是经后人整理补充的。第一个整理者是司马迁的外孙杨恽。杨恽为汉宣帝时人，其母系司马迁女儿，嫁给杨敞。其后补正《史记》的还有很多人，其中最著名的是褚少孙。褚是汉元帝、成帝时人，他补了十篇之多，计有《景帝纪》《武帝纪》《将相年表》《礼书》《乐书》《律书》《三王世家》《蒯成侯传》《日者传》《龟策传》。这见于《史记·龟策传》张守节《正义》。褚少孙后，还有人陆续增补《史记》，直至东汉。

《史记》《汉书》为二十四史头两部，是古代最重要的史书。但《史记》《汉书》的遭遇则不同。《史记》从东汉到唐代（至少到唐初），不为人重视。魏晋南北朝人重《汉书》，所以《汉书》称为“汉学”。“汉学”即《汉书》之学，这和以后清朝的“汉学”是两回事。从注家说，为《汉书》作注的人很多，从东汉到南北朝已有二十三位注家，其中唐朝颜师古注最有名。而为《史记》作注的，至南北朝只有徐广、裴骃、郑诞三家，今仅存裴注。唐时又有司马贞作《史记索隐》，张守节作《史记正义》。为《史记》作注的今只存这三家。

《汉书》与《史记》不同，《汉书》尚未完成，班固就死在狱中，

---

1 《史记·屈贾列传》太史公曰：“适长沙，观屈原所自沉渊，未尝不垂涕，想见其为人。”

2 见《史记·太史公自序》。

其妹班昭继承兄志，续成《汉书》。《汉书》难读，经学大师马融要学《汉书》，从班昭"受读"。[1]《史记》也很难读，因《史记》简书是断过线的，司马贞《索隐》说《史记》"残文错节"，很难读。这就是《史记》不为人重视的原因之一。

原因之二，是文章单笔和复笔的不同。《史记》是单笔，散文体，《汉书》是复笔，骈偶体。汉武帝后直至南北朝时，人们受赋体影响，癖好读复笔，不喜读单笔，所以不爱读《史记》。直到韩愈提倡古文运动，以《史记》为例，推崇单笔，人们才开始重视《史记》。此后宋元明清古文家提倡散文体，都重视《史记》，《史记》的地位也因此愈来愈高。

《史记》经过多人之手，这包括残篇断章的充实完善，散乱简牍的排比调整，最终才完成了这部130卷的大书。但正因为此，这部书遗留下不少问题。像《屈原列传》中的文理不通，其他篇章中也有。如《老子列传》中也写得不通，一忽儿讲老子叫李耳名聃，一忽儿叫老莱子，一忽儿叫太史儋，讲了三个老子，显然有问题。但不能因为书中记载有问题，就否定道家老子的存在。同样，《贾生列传》中提到贾谊之孙贾嘉孝昭时列为九卿，显然与司马迁死于武帝时有矛盾。这些矛盾在《史记》中还可以举出一些例证，如《司马相如列传》，司马相如是赋家，与司马迁是同时代人，但《史记》在传末"太史公日"中，却说："扬雄以为靡丽之赋劝百风一……"扬雄为成帝、王莽时人，更在贾嘉之后，难道能以此就否定司马相如的存在？再如《秦始皇本纪》提到东汉孝明帝，《公孙弘列传》提到东汉班固，等等。我们不能因为后人这些整理的失误，就片面地否定历史

1 见《后汉书・列女传・曹世叔妻》。

人物的存在。

至于胡适认为战国时不可能出现像屈原这样的热爱祖国的“箭垛式”人物，这也是对历史的曲解。诚然，胡适的怀疑是从当时士阶层的立身行事出发，有一定的历史依据。我们知道，春秋时士阶层逐渐壮大，到了战国时士阶层的作为已经影响到国与国之间的关系，合纵、连横往往由一两个策士造成。策士无祖国，谁雇佣就为谁服务。他们研究各国形势，就是为了取得有关国家的重视，受到重用，甚至不惜为敌国所用。如苏秦，为东周洛阳人，先游说秦国，秦王不用，又游说六国，联合六国以攻秦，司马迁斥之为“左右卖国反覆之臣”。[1] 如张仪，为魏国人，因秦国重用他，以连横策略与六国为敌，司马迁亦斥之为“左右卖国以取容”。[2] 再如李斯，为楚国人，秦国重用他为丞相，他遂帮助秦吞并六国，包括他的祖国楚国。这些策士为雇主服务，不择国度，当时被称为“客卿”。这是一个策士称雄的时代，是当时的一股潮流。而屈原恰好生活在这一时代，他的所作所为不仅引起了胡适的怀疑，而且在两千多年前，司马迁就质疑过。

《史记·屈贾列传》最后太史公曰：“余读《离骚》《天问》《招魂》《哀郢》，悲其志。适长沙观屈原所自沉渊，未尝不垂涕，想见其为人。及见贾生吊之，又怪屈原以彼其材游诸侯，何国不容而自令若是。”

司马迁之前，汉文帝时的贾谊也质疑过。贾谊《吊屈原赋》曰：

> 般纷纷其离此尤兮，亦夫子之辜也。

1 《史记·苏秦列传》。

2 《史记·张仪列传》。

瞻九州而相君兮，何必怀此都也。

凤皇翔于千仞之上兮，览德辉而下之。

见细德而险征兮，摇增翮逝而去之。

还有，屈原在《离骚》中，通过与神巫的问答，也对自己的作为发出疑问。在《离骚》后半篇，屈原想离开故土，找古代神巫为其占卜。神巫灵氛劝他走：

两美其必合兮，孰信修而慕之？

思九州之博大兮，岂惟是有其女？

勉远逝而无狐疑兮，孰求美而释女？

何所独无芳草兮，尔何怀乎故宇？

但屈原的回答是：

陟升皇之赫戏兮，忽临睨夫旧乡。

仆夫悲余马怀兮，蜷局顾而不行。

由此可见，屈原不是狭隘的忠君者，他爱的是自己的“旧乡”——祖国；屈原不是狭隘的忠君观念的人，而是以自己国家为重的爱国主义者。

战国时，屈原的爱国精神很突出，但这不是个例。春秋战国时人们已经有了强烈的爱国意识，一些具有爱国精神的人物和事件，可以说史不绝书。春秋时像有名的齐鲁长勺之战，义士曹刿出谋击败了齐国，保卫了鲁国。[1]郑国商人弦高以犒师为名却退了秦师。[2]战国时，齐国画邑人王蠋，有贤名。燕兵攻画邑，诱以封赏，劝其投降，否则将屠城。他说："忠臣不事二君，贞女不事二夫。"国既破亡，决不助桀为暴，乃引颈自杀。[3]再如蔺相如完璧归赵、渑池会的故事，写蔺相如出使秦国，为了国家的利益和尊严，挫败了秦昭王的阴谋。[4]还有张良也如此。张良祖父辈两代相韩五朝国君，韩亡后，他为了复仇，椎击秦始皇于博浪沙中。[5]

至于楚国，更富有深厚的爱国主义传统。像楚康王元年（前559），楚将军子囊与吴军作战，在敌众我寡的情势下伏剑而死，临死还不忘卫社稷，嘱咐令尹子庚坚守郢都。[6]再如楚昭王十年（前506），吴攻陷楚郢都，楚大夫申包胥急赴秦国乞师，在秦庭哭了七天七夜，秦王终于出师击败了吴师。[7]楚威王（前339—前329）时，大夫莫敖子华曾与楚王谈及楚人的爱国传统：有"廉其爵、贫其身，以忧社稷者，令尹子文是也"；有"崇其爵、丰其禄，以忧社稷者，叶公子高是也"；"有断脰决腹，一瞑而万世不视，不知所益，以忧社稷者，莫敖大心是也"；有"劳其身、愁其志，以忧社稷者，棼冒

---

1 见《左传·庄公十年》(前684年)。

2 见《左传·僖公三十三年》(前627)。

3 见《史记·田单列传》。燕兵攻画邑，为齐湣王十三年（前285）。

4 见《史记·廉颇蔺相如列传》。此为赵惠文王十六年（前283）。

5 见《史记·留侯世家》。

6 见《左传·襄公十四年》。

7 见《左传·定公四年》。

勃苏是也”；[1]亦有“不为爵劝，不为禄勉，以忧社稷者，蒙谷是也”。[2]这五类人既有贵族，有武将，也有平民，他们的爱国精神世代相传，屈原正是在这片沃土哺育中诞生的伟大的爱国主义者。

所以，屈原爱祖国不是偶然的。因为人们爱自己祖国是很自然的，就像孩子吃母乳爱母亲一样，不是帝王尊经崇儒能够培养出来的。

历史是多面的，研究历史，说“有”容易，说“无”难，所以说“无”千万要十分谨慎。胡适否定屈原的存在，就是犯了这样的错误。战国是策士纵横的时代，但没有因此就泯灭了所有人的爱国情怀。策士无祖国，更突显了屈原爱国精神的难能可贵和光彩。屈原在屡遭打击后，为了国家利益仍然和黑暗势力抗争，至死也要死在祖国。屈原以他的诗歌展示了伟大的爱国主义精神，沾溉后世，这真是我中华民族历史上的一个奇迹。胡适否定这一奇迹，是很奇怪的事，这恐怕与他崇拜杜威，受到资产阶级买办思想熏陶分不开吧。

屈原这个“箭垛式”人物是历史的客观存在，这是有历史根据的。屈原生活于公元前四世纪，汉文帝时，贾谊就作了《吊屈原赋》。《史记·屈贾列传》说：“自屈原沉汨罗后，百有余年，汉有贾生为长沙王太傅，过湘水投书以吊屈原。”可见贾谊是第一个赴屈原自沉处凭吊的人，可能《七发》作者枚乘也去凭吊过。武帝时，淮南王刘安及其门客搜集整理屈原、宋玉等人诗歌，合成楚辞专集，并亲自为《离骚》作“传”与“叙”，“叙”对屈原诗歌作了很高的评价，

---

1 棼冒勃苏即申包胥。棼冒即蚡冒，楚武王之兄，申包胥为其后，勃苏为其名。申包胥食邑于申，因以为氏，包胥为其字。

2 《战国策·楚策一》。

其后司马迁在《史记》中写了《屈原列传》，介绍了屈原生平及其作品，史实俱在，又怎能抹杀屈原的存在呢。

《韩非子》说：画鬼魅易，画犬马难。因为鬼魅无人见过，只是一些传说，所以画起来容易；而犬马是人们天天见到的，画不像，人们就不信服。[1]儒家造假造尧、舜，道家造假造黄帝，因为黄帝、尧、舜都是几千年前的人，没有史料依据，可以塑造；而屈原有大量诗歌存世，贾谊、刘安、司马迁与屈原时代又相距这么近，又何能造假、何必造假呢。

三、屈原生平

屈原生平主要见于《史记·屈原贾生列传》，现据此作些解析。

屈原名“平”字“原”。自古以来名、字相应，屈不是姓，而是氏，楚国有屈、景、昭三氏，都是贵戚。楚之先祖姓芈氏，芈（mǐ）即羋，《说文》：“羋，羊鸣也。从羊，象气上出。与牟同意。”按：牟，《说文》：“牛鸣也。从牛，厶象其声气从口出。”姓为何从羊叫呢，很奇怪。其实楚姓原不写成羋字，而应是媸（mǐ）字，古原始姓氏多从女，如姬、姜、姚、嬴等即是，楚原始姓媸，也是此例。楚本姓芈，后改姓熊，据说楚先人熊鬻曾为周文王师，其后人遂以熊为氏。周成王时封熊绎于楚，居丹阳（今湖北秭归县东），为春秋楚之始。

左徒。楚国重要职官，战国时楚国只有屈原和春申君黄歇做过左徒，考烈王时黄歇以左徒升为令尹。[2]左徒也可能是左尹、右尹官，

1 《韩非子·外储说左上》。

2 《史记·楚世家》。

职权在令尹之下。屈原任左徒，“出则接遇宾客，应对诸侯”，应是做外交工作的，另外怀王还使他“造为宪令”，可见其职权很重要。

上官大夫和靳尚。屈原遭遇的冤家很多，上官和靳尚为其中两人。王逸把上官和靳尚混为一人，其实是两人。靳尚在《战国策》上有记载，说怀王时，张旄为了夺权，派人刺杀了靳尚。[1]而上官大夫襄王时还在世，显为两人无疑。

疏、绌、放、迁，这是《史记》记屈原遭遇的用词。“王怒而疏屈平”，“是时，屈原既疏，不复在位，使于齐”。疏，疏离。这是指楚怀王时遭到疏离，不复为左徒官。“屈平既绌。”绌，罢官。《论语·微子篇》：“柳下惠为士师，三绌。”义同。“屈平既嫉之，虽放流。”放，放逐，流放。“顷襄王怒而迁之。”屈原在《哀郢》中也有“仲春而东迁”的记录。迁，贬谪、放逐也。可见放、迁都是顷襄王时事。

屈原时代，当时战国形势是：

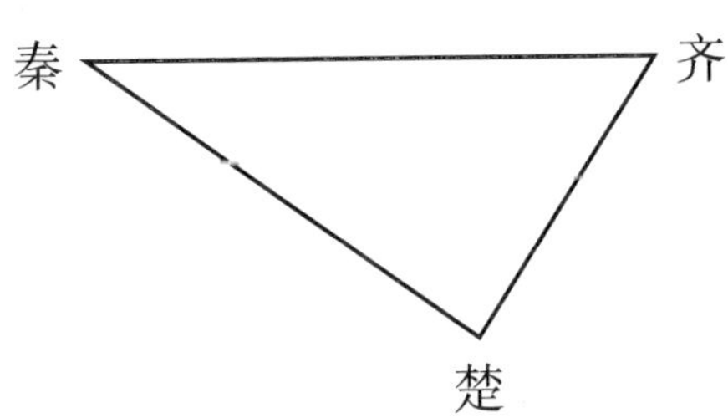

当时有燕、赵、韩、魏、齐、秦、楚七大国存在，此外还有很多小国。齐、秦、楚国力强大，燕、赵、韩、魏力量小，主要跟三大国

---

1 《战国策·楚策二》。

走，这就造成了诸国阵营路线分合的不确定性。齐在东部山东半岛，三面环海，历史悠久，文化水平高，商业发达，国富兵强，与宗周关系密切。秦在西部，其祖先为游牧民族，因平王东迁后，在西周地区逐步得到发展。此后用商鞅变法，采用兵农政策，即一百人中，五十人种田，五十人兵战。由于改变了生产方式，农业生产得到发展，国力强盛，雄视四方，有包举宇内之志。但秦文化不高，不要文学、考古，这与商鞅、韩非决策有关。至于楚国，春秋时其国势逐渐强盛，楚庄王时曾问鼎中原，成为五霸之一。以后楚拓展到长江流域，到战国时已成为七国中疆域最大的国家。楚国地处南方江汉一带，地大物博，财力雄厚，形成了独特的楚文化。由于自然条件好，气候温润，雨水丰沛，土地肥沃，稻谷一年两熟，盛产木材、犀牛、大象、麋鹿以及各种水产品、矿产品。楚国铸铜技术和冶铁技术已很先进，[1]军事力量也很强大，楚怀王时一度成为六国"纵长"。在三大国中，秦齐对立，楚周旋于两国之间。屈原时，秦为了抬高自己的统治地位，一度由王称帝，齐也相应由王称帝，秦为西帝，齐为东帝，可见当时诸国斗争态势，这也就是合纵、连横两条政治路线、两大阵营形成的背景。

屈原与苏秦、张仪是同时代人，苏秦提倡合纵，即以齐国为中心，联合六国以攻秦，反对秦的侵略；而张仪主张连横，即以秦国为中心，远交近攻，要六国屈服，逐步吞并之。这两条路线的取舍，楚处于举足轻重的地位，可以左右合纵、连横。楚向齐，纵成；楚齐分裂，向秦，横成。最终张仪欺骗楚怀王，与齐绝交，与秦联合起来。

1 《史记·范雎列传》："（秦）昭王曰：'吾闻楚铁剑利而倡优拙。夫铁剑利则士勇，倡优拙则思虑远。'"

连横胜利，六国逐个被吞灭。

在两条路线争斗中，屈原是主张合纵的，主张楚齐联合反秦，这是他的政治态度，这一点是左右屈原命运的，所以很重要。《史记》载："是时，屈平既疏，不复在位，使于齐，顾反谏怀王。"可见齐楚决裂，后又要和好，派屈原出使齐修好。说明怀王时，屈原仅是被"疏"而已，并没有被放逐，虽然不做左徒了，但还做官，出使齐，回来还可以面谏怀王。所以从屈原罢去左徒到怀王死在秦国，这十五六年，他的遭遇还不算太恶劣。

屈原被放逐是在顷襄王时。楚国长期存在两条路线的斗争，形成了对立的两派，合纵派有屈原、昭睢（他也曾劝阻怀王去秦国）等，连横派有顷襄王之弟子兰、上官大夫、郑袖等。《史记》记顷襄王即位后数年，"以其弟子兰为令尹"。这句话很重要，子兰是亲秦派，与屈原政见不合，他上位后，利用权力，联合上官大夫等，使顷襄王放逐了屈原。屈原原先为政治家，政治失败被放逐后，才开始了文学生活。《离骚》《九歌》《哀郢》《涉江》等，都是被放逐后写的。屈原诗歌中强烈的爱国主义情怀是有深厚的社会基础的。《史记》记怀王昏愦，但人民还是爱楚国的；怀王死于秦，楚人抬尸回，人民都很悲痛，像失去亲人一样。后来秦灭了楚，楚南公说："楚虽三户，亡秦必楚。"[1] 楚人都很爱国，所以屈原诗歌中伟大的爱国主义精神，不是偶然的。屈原是中国文学家的老祖宗，后世任何文学家无法与他相比匹的，他和他的作品，将"与天地同寿，与日月齐光"。[2]

《屈原列传》有几处滞碍不通，此可以从梁玉绳《史记志疑》、

---

1 《史记·项羽本纪》。

2 引自屈原《九章·涉江》。

崔述《史记探原》、张守节《史记正义》以及日人泷川资言《史记会注考证》等著作中，求得解决。

四、屈原作品

王逸《楚辞章句》十七卷本，列屈原作品:《离骚经》第一，《九歌》第二，《天问》第三，《九章》第四，《远游》第五，《卜居》第六，《渔父》第七；列宋玉作品:《九辩》第八，《招魂》第九；列屈原或言景差作品:《大招》第十。……

《离骚》尊称为“经”，《九歌》以下为“传”，[1]可能刘向时就如此称呼。王逸秉承刘向意见，也如此排列称呼。

屈原作品究竟有哪些，这里有个真伪问题。

班固《汉书·艺文志》根据刘歆《七略》，将《诗赋略》分为四类，其中列屈原赋二十五篇，即《离骚》一，《九歌》十一，《天问》一，《九章》九，《远游》一，《卜居》一，《渔父》一。以上共二十五篇，戴震《屈原赋注》就据此二十五篇编成。检析这二十五篇作品，其真伪如下:

《离骚》为诗人主篇，系屈原作，没问题。

《九歌》，近代如胡适等人说是出于屈原前楚人祭神时作的，这不对。《九歌》不是纯祭神的神曲，而是完美的诗，为屈原所作无疑。

《天问》为屈原作，没有疑问。

《九章》系西汉末文人辑集起来的，一部分真，一部分假。假的

1 见王逸《楚辞章句》“楚辞目录”注。

中，至少《惜诵》《惜往日》是靠不住的。

《远游》，假的，是西汉神仙家的思想，早有人怀疑此篇。有人说是司马相如所作，因为其像司马相如《大人赋》，但也不能下定论。《远游》“其词旨恢诡，多涉神仙。疑伪托当出汉武之世”。

《卜居》，写一故事，即问卜，属于轶事之类，可能反映屈原的思想。诗中有“屈原既放”的表述，显然不类屈原的口气。

《渔父》，可能为屈原的轶事，诗中也有“屈原既放”的表述，显然是后人记下来的。

可见这二十五篇作品有真有假。另外，历来相传为宋玉作的《招魂》，应为屈原所作。因为《史记·屈原贾生列传》中“太史公曰”：“余读《离骚》《天问》《招魂》《哀郢》，悲其志。”可证《招魂》为屈原作品之一。《招魂》所反映的思想与《离骚》很相近，可以肯定此篇为屈原所作。

至于《大招》作者，王逸列“屈原，或言景差”作，其实是西汉人模仿《招魂》而作。《大招》在题旨、构想、遣词造句诸多方面都有模仿《招魂》的痕迹。

3 唐诗

施蛰存

第七章

初唐诗话

杜少府之任蜀州

王 勃

城阙辅三秦，风烟望五津。

与君离别意，同是宦游人。

海内存知己，天涯若比邻。

无为在歧路，儿女共沾巾。

现在讲一首五言律诗，一则因为它是初唐名作，二则借此讲一点五言律诗的艺术技巧。

作者王勃，字子安，是文中子王通的孙子，东皋子王绩的侄孙。他从小就能作诗赋，应进士举及第，还不到二十岁。但他恃才傲物，常常因文章得罪人。旅居剑南（四川），多年没有事做，好不容易补上了虢州参军，不久，又因事罢官。连累到他父亲福畤，也降官去做交阯县令。他到交阯去省亲，在渡海时溺水而死，只有二十八岁。他的诗文集原有三十卷，大约作品不少，但现在只存诗八十余首。被选在《古文观止》里的《滕王阁序》，是他最著名的作品。

这首诗的题目，在有些选本中题为《送杜少府之任蜀州》，这就更明白了。有一位姓杜的朋友到四川去做某县县尉，作者就写此诗送行。唐代的官制，一个县的行政长官称为“令”，县令以下有一名“丞”，处理文事；有一名“尉”处理武事。文丞武尉，是协助县令的官职。文人书简来往，或者在公文上，常用“明府”为县令的尊称或代用词，县丞被称为“赞府”，县尉则称为“少府”。这些名词，在唐诗题目中经常见到。现在诗题称“杜少府”，可知他是去就任县尉。

蜀州，即蜀郡。成都地区从汉至隋均为蜀郡。唐初改郡为州，故王勃改称蜀州。但当时成都地区已改名为益州，不称蜀州。故王勃虽然改郡字为州字，仍是用的古地名。向来注家均引《旧唐书·地理志》所载“蜀州”作注，这个蜀州是武后垂拱二年（公元六八六年）从益州分出四县设置的，其时王勃已死，他不可能知道有这个蜀州。

此诗第一联是点明题目。上句“城阙辅三秦”，是说蜀州是物产富饶的地方，那里每一个城市都对三秦有辅佐之功。下句的“五津”是蜀州的代用词，“风烟”即风景，此句说自己遥望蜀州风景。上句对杜少府说：你并不是到一个边荒的地方去做官，而是到一个对京都有重要贡献的地方去做官。下句从送行者立场说：你走了，我只能遥望那边的风景。

送人远行，就要作诗，这是唐代知识分子的风俗。一部《全唐诗》，送行赠别的诗占了很大的百分比。这类诗的作法，多数是用第一联两句来点题，照顾到主客双方。例如崔曙《送薛据之宋州》诗云：“无媒嗟失路，有道亦乘流。”第一句说自己：因为无人介绍，至今失业。第二句说薛据：你是有道之士，可也得乘舟东去谋食。郎士元《送孙侍郎往容府宣慰》诗第一联云：“春原独立望湘川，击隼南飞上楚天。”也是第一句说自己：在春原上独立遥望你去的湘水流域。第二句恭维孙侍郎：此行是像鹰隼那样高飞上楚天。卢照邻

《送郑司仓入蜀》诗起两句云:“离人丹水北，游客锦城东。”用“离人”“游客”点明题目中的“送”字，用“丹水”“锦城”点明“蜀”字。王勃此诗也用了同样的方法，但他组织得更均衡。上句表达了杜少府、蜀州和长安的关系，下句表达了作者、送行者与蜀州的关系。

“城阙辅三秦”这句诗，历来有不同的讲法。多数人以为“城阙”指京都长安。如果依句子结构讲，这一句就应当讲作“长安辅助三秦”。但是，从事理上想一想，这样讲是讲不通的。北京与郊县的关系，总是郊县辅助北京，不能说是北京辅助郊县。于是一般人都讲作“长安以三秦为辅”，使这个“辅”字成为被动词。即使说这样讲对了，这句诗和题目又有什么关系呢?

于是有人觉得“城阙”应当是指蜀州的。可是，一看到“阙”字，就想到宫阙，蜀州既非京都，怎么会有“城阙”呢?于是吴昌祺说:“蜀称城阙，以昭烈也。”他是从历史上去求解释。巴蜀是刘备建国之地，成都是蜀都，所以也可以用“城阙”。

按“城阙”两字，早已见于《诗经》。“佻兮达兮，在城阙兮”，这是《郑风·子衿》的诗句。孔颖达注解说:“谓城上别有高阙，非宫阙也。”他早已怕读者误解为京城的宫阙，所以说得很明白，城阙是有高楼的城墙。只要是州郡大城市，城头上都有高楼，都可以称城阙。王勃和孔颖达同时，他当然把“城阙”作一般性的名词用，并不特指京都。再看唐人诗中用“城阙”的，固然有指长安的，也有不指长安的。李颀《望秦川》诗云:“远近山河净，逶迤城阙重。”这“城阙”是多数。韩愈《题楚庄王庙》诗云:“丘坟满目衣冠尽，城阙连云草树荒。”韦应物《澧上寄幼遐》诗云:“寂寞到城阙，惆怅返柴荆。”这几个“城阙”，显然不是指长安。

巴蜀为富饶之地，自从开通了秦、蜀之间的栈道，秦中人民的生活资料，一向靠巴蜀支援。从汉武帝以来，论秦、蜀经济关系的文献，都是这样说的。与王勃同时的陈子昂也说："蜀为西南一都会，国家之宝库，天下珍货聚出其中，又人富粟多，顺江而下，可以兼济中国。"(《谏讨生羌书》) 后来杜甫也说："蜀之土地膏腴，物产繁富，足以供王命也。"(《论巴蜀安危表》) 由此可见王勃送杜少府去蜀州，第一句就赞扬蜀中城市是三秦的支援者，这也是代表了一般的观点。可是现在还有许多人注唐诗，坚持"城阙"是指长安，于是把这句诗讲得很不合理。我感到不能不在这里详细辩论一番。

"风烟望五津"句历来注释都以为"五津"是说蜀州地势险恶，"风烟"是形容远望不清。唐汝询释云："蜀州虽有五津之险，而实为三秦之辅，故我望彼之风烟，而知今之离别，仍为宦游，非睽离也。"他这样讲法，可知他对于"风烟"一句，实在没有明确理解，以致下文愈讲愈错。

我说"风烟"即"风景"，这也是新近才恍然大悟的。唐太宗李世民有一篇《感旧赋》，是怀念洛阳而作。有两句云："地不改其城阙，时无异其风烟。"此处也是以"城阙"对"风烟"，意思就是城阙依然，风景无异。王勃此诗，完全用太宗的对法，可知这个"风烟"应解作"风景"。唐人常常为平仄关系，改变词汇。"景"字仄声，"烟"字平声，在需要用平声的时候，"风景"不妨改为"风烟"。李白《春夜宴桃李园序》有句云："大块假我以文章，阳春召我以烟景。"这个"烟景"，也就是"风景"。

现在，我们接下去讲第二联。作者说：我和你今天在这里离别，同样是游宦人的情意。离开家乡，到远地去求学，称为"游士"或"游学"。如去做官，就称为"游宦"，也称"宦游"。强调"游"，就用"宦游"；强调"宦"，就用"游宦"。

第三联大意是：只要四海之内还有一个知己朋友，虽然远隔天涯，也好似近在邻居。这是对杜少府的安慰，同时也有点赞扬。对杜少府来说，你远去蜀中，不要感到寂寞，还有知己朋友在这里，不因距离远而就此疏淡。对自己来说，像杜少府这样的知己朋友，纵然现在远去蜀中，也好像仍在长安时时见面一样。这两句是作者的名句，也是唐诗中数一数二的名句。但这两句并非王勃的创造，他是从曹植的诗“丈夫志四海，万里犹比邻”变化而成，他利用“万里犹比邻”这个概念，配上“海内存知己”，诗意就与曹植不同。后来王建也有两句诗：“长安无旧识，百里是天涯。”这是把王勃的诗意，反过来用，不能不说是偷了王勃的句法。

第四联是紧跟第三联而写的。既然“天涯若比邻”，那么，现在在岔路口分别，大家就不必像小儿女那样哭哭啼啼。诗歌的创作方法，往往用形象性的具体语词来代替抽象概念。人哭了就要用手帕（巾）拭眼泪，于是“沾巾”就可以用来代替哭泣。这种字眼叫作“代词”或“代语”，运用代语对寻找韵脚有很大的方便。

这首诗和王绩的《野望》虽然都是五言律诗，但句法的艺术结构却完全不同：（一）《野望》的第一联是散联，不是对联。《杜少府》的第一联是很工致的对联。这里我们首先见到律诗的两种句式，即第一联可以是对句，也可以不是对句。（二）《野望》的第二联和第三联是同一类型的对句。“树树”对“山山”，“秋色”对“落晖”，“皆”对“惟”，四声、词性都是对稳的，每一句都是一个完整的句子，表现一个完整的概念。这种对句，每一联上、下两句的思想内容是各自独立、没有联系的。如果看一看《杜少府》的第二、三联，可以发现，每句都不是完整的句子。“与君离别意”，不成为一个完整的概念，必须读了“同是宦游人”才获得一个概念。因此从语法的角度讲，《野望》的第二、三联是四句，《杜少府》的第二、三联只有两句，这里我们看到了律诗的两种对句法。《野望》式的对句，称为“正对”，这是刘勰在《文心雕龙》里定下的名词。他举出四种对法，正对是最常用最低级的对法。《杜少府》的对法，宋朝人称为“流水对”，又称“十字格”。因为从字面结构看，它们是一式两句；但从表现的思想内容看，只是不可分开的一个十字句，就像流水一般，剪不断。这种对句，艺术性就较高。

王勃这首诗，两联都用流水对，使读者不觉得它们是对句，只觉得像散文一样流利地抒写赠别的友谊，因而成为千秋名句。

一九七八年一月七日

第八章

盛唐诗话

将进酒

李白

君不见黄河之水天上来，（韵一）

奔流到海不复回。

君不见高堂明镜悲白发，（韵二）

朝如青丝暮成雪。

人生得意须尽欢，

莫使金樽空对月。

天生我材必有用，

千金散尽还复来。（韵三）

烹羊宰牛且为乐，

会须一饮三百杯。

岑夫子，丹邱生，（韵四）

将进酒，君莫停。

与君歌一曲，

请君为我侧耳听：

钟鼎玉帛岂足贵，
但愿长醉不愿醒。
古来圣贤皆寂寞，
惟有饮者留其名。

陈王昔时宴平乐，（韵五）
斗酒十千恣欢谑。
主人何为言少钱？
径须沽取对君酌。

五花马，千金裘，（韵六）
呼儿将出换美酒，
与尔同销万古愁。

现在再讲一篇李白的古题乐府诗《将进酒》，也是汉代短箫铙歌之一。汉代乐府歌辞原文，因为声辞杂写，故不能了解其意义。只有第一句是“将进酒”，后世文人拟作，都是吟咏饮酒之事。李白此诗，也沿袭旧传统，以饮酒为题材。

这首诗用三言、五言、七言句法错杂结构而成，一气奔注，音节极其急促，表现了作者牢骚愤慨的情绪。文字通俗明白，没有晦涩费解的句子，这是李白最自然流畅的作品。

全诗转换了六个韵，第一、二韵六句合为一段，此后每韵自成一个思想段落。开头四句用两个“君不见”引起你注意两种现象：“黄河之水天上来，奔流到海不复回”是比喻光阴一去不会重回，“高堂明镜悲白发，朝如青丝暮成雪”是说人生很快便会衰老。青春既不会回来，反而很容易马上进入老年，所以人生在得意的时候，应当尽量饮酒作乐，不要使酒杯空对明月。这是第一段的内容，它也像《蜀道难》一样，一开头就从题目正面落笔。“君不见”，是汉代乐府里已经出现的表现方法，意思是：“你没有看见吗？”跟现在新诗里用“看啊”“你瞧”一样，是为了加强下文的语气。李白诗中常用“君不见”，这三个字不是诗的正文，读的时候应当快些。我们如果把两个“君不见”都删掉，也没有关系，诗意并无残缺。而且删掉之后，这一段就是整整齐齐的六个七言句，更可以看出这两个“君不见”是附加成分。在七言歌行中，这一类的附加成分，我们借用一个南北曲的名词，称之为“衬词”，因为它们只起陪衬的作用，不是歌曲的正文，唱起来也不占节拍。但是，如果“君不见”三字不在七言句之外，那就不能算是衬词。李白另一首诗云：“君不见梁王池上月，昔照梁王樽酒中。”（《携妓登梁王栖霞山孟氏桃园中》）这又是一种用法。如果把这个“君不见”也作为衬词，则第一句只有五字，而全诗却都是七言句。如果把“君不见”认为诗的正文，则这一句有八言了。在这种情况下，我们只能说：全句仍是七言，多出来的一个字是衬字。“君不见”三字只抵两字用，应当读得快，让它们只占两个字的音节。南北曲和弹词里，这种衬词很多，因此产生了这个名词。唐代虽然还没有这个名词，但像“君不见”之类的附加成分，实在已是曲子里用衬词的萌芽。此外，李白还有一首《答王十二寒夜独酌有怀》，其中也有“君不见”的用例：

> 君不见，李北海，
> 英风豪气今何在？

君不见，裴尚书，

土坟三尺蒿藜居。

这是构成了两个三字句，也不能说是衬词了。

第二段四句，大意说：天既生我这个人才，一定会有用处。千金用完，也不必担忧，总会得再有的。眼前不妨暂且烹羊宰牛，快乐一下。应该放量饮酒，一饮就是三百杯。这一段诗，表面上非常豪放，其实反映着作者的牢骚与悲愤。言外之意是像我这样的人才，不被重用，以致穷困得在江湖上流浪。

第三段再对两个酒友发泄自己的牢骚。岑夫子是岑勋，年龄较长，故称为夫子。丹邱生是一个讲究炼丹的道士元丹邱，李白跟他学道求仙，作了许多诗送他。这里，诗人劝他们尽管开怀畅饮，不要停下酒杯。我唱个饮酒歌给你们两位听：钟鼎玉帛，这种富贵排场的享乐，我以为不值得重视，我只愿意永远醉着不醒。自古以来，一切圣人、贤人都已经寂寞无名，谁也不知道他们。只有喝酒的人，像刘伶、陶渊明这些人，倒是千古留名的。从前陈思王曹植有两句诗道："归来宴平乐，美酒斗十千。"(《名都篇》) 是说他打猎回来，在平乐观里宴请朋友和从臣，饮万钱一斗的美酒，大家尽情欢乐谈笑，现在我们的主人为什么说没有钱，舍不得打酒呢？应该立刻就去打取美酒，来请大家喝个痛快。这一段四韵八句就是"请君为我侧耳听"的一曲歌，是诗中的歌。"钟鼎"是"钟鸣鼎食"的简用，"玉帛"是富贵人的服御。这四个字就代表富贵人的奢侈享受。诗人说，这些都不足贵重，只要有酒就成了。"主人"是讽刺他自己，也可以说是自嘲。上文说过"千金散尽还复来"，可见现在正是"少钱"的时候。钱少，也不要紧，酒总得要喝，于是引出了最后一段三句：好吧，现在手头虽然没有钱，家里还有一匹五花骏马，还有一件价值千金的狐裘，立刻叫儿子拿出去换取美酒，和你们喝个痛快，把千秋万古以来的愁绪一起销解掉。

李白的诗，以饮酒、游仙、美女为题材的最多，后代的文学批评家常以此为李白的缺点。例如王安石就说："李白诗词，迅快无疏脱处，然其识污下，十句九言妇人与酒耳。"所谓其识污下，就是世界观庸俗。这种批评，虽则也有人为李白辩护，但在李白的诗歌里，高尚、深刻的世界观确是没有表现。他只是一个才气过人的诗人，能摆脱传统，创作流利奔放的诗篇。至于对人生的态度，他和当时一般文人并没有多大不同。早期的生活，就是饮酒作诗，到处旅游。后来跑到长安，认识了贺知章。贺知章极欣赏他的诗，把他推荐给玄宗，于是玄宗留他在宫里做一名翰林供奉。"翰林供奉"是所谓"文学侍从之臣"，当明皇和杨贵妃赏花饮酒作乐的时候，找他来作几首新诗谱入歌曲。这就是翰林供奉的职务，它并不是一个官。然而李白做了翰林供奉却骄傲得很，他有好些诗自画他当时的得意情况："归来入咸阳，谈笑皆王公。"（《东武吟》）又云："王公大人借颜色，金章紫绶来相趋。"（《驾去温泉后赠杨山人》）这是说王公宰相都来和他交朋友了。"昔在长安醉花柳，五侯七贵同杯酒。"（《流夜郎赠辛判官》）是说当时和他饮宴的都是王公贵人。"当时笑我微贱者，却来请谒为交欢。"（《赠从弟南平太守之遥二首》）是说从前瞧不起我的人，现在都来巴结我了。此外，他还有不少诗句，夸耀他的得意时候。大约正是这种骄傲自大态度，得罪了不少人，使玄宗左右那些李林甫、杨国忠之流对他不能容忍，在玄宗面前挑拨了几句，他就被放逐出宫廷。他自己说当时是"骑虎不敢下，攀龙忽堕天"，可见他自己也早就觉察到已经处于骑虎之势，正在无法脱身，而被龙尾巴一掉，便从天上摔下来了。此后，他又恢复了饮酒浪漫的生活，把自己装成一个飘飘然有仙风道骨的高人逸士，不时在诗里讽刺一下政治，好像朝廷不重用他，就失去了天下大治的机会。《盐铁论》里有一段大夫讥笑文学的话："文学裒衣博带，窃周公之服；鞠躬踧踖，窃仲尼之容；议论传诵，窃商赐之辞；刺讥言治，过管晏之才；心卑卿相，志小万乘。及授之政，昏乱不治。"这些话都切中文人之弊。他们平时高谈阔论，目空一切，"心卑卿相"，人人自以为是伊、吕、管、晏。及至给他一个官做，也未见得能尽其职守。唐代进士初入仕途，往往从县尉做起，可是诗人中也没有出类拔萃的好县尉，而他们常在诗中发牢骚，嫌位卑官小，屈辱了他这样的人才。这种孤芳自赏的高傲情绪，从屈原以来，早就在我国文学中形成一个传统，而李白的表现，特别发扬了这个传统。

我以为学习古典文学，对历代作家这一种世界观的过度的表现，可以不必重视，更不宜依据他们的自我宣扬，而肯定他们真是一个被压制的人才。李白的诗，是第一流的浪漫主义作品，他在盛唐时期诗坛上的情况，正和雨果在法国、拜伦在英国一样。游仙、饮酒、美人，是他的浪漫主义形式；嵚崎、历落[1]、狂妄、傲岸，是他的浪漫主义精神。但是他对政治和社会的认识，还是消极因素多于积极因素。因此，我以为李白的诗，还不能说是一种积极的浪漫主义。就以饮酒为例，李白的饮酒和陶渊明的饮酒，显然不同。陶渊明的饮酒是作为一个农民，在劳作之后，饮几杯酒，以养性全神。他的饮酒的态度是："泛此忘忧物，远我遗世情。"（《饮酒》之八）李白的态度是：

1　李白自己说："仆嵚崎历落可笑人也。"见其《上安州李长史书》。

"人生得意须尽欢。"陶渊明说人家"有酒不肯饮"是因为"但顾世间名"(《饮酒》之四),而李白却说:"惟有饮者留其名。"陶渊明为逃名而自隐于酒,李白则为争名而"一饮三百杯"。由此可知,陶渊明的饮酒,对人世社会好像是消极的,但他的人格却是积极的。李白则相反,他对人世社会好像还积极,而其人格却是消极的。我觉得李白的饮酒诗,只能比之为古代波斯诗人莪玛·哈耶谟和哈菲兹[1],而不能和陶渊明相提并论。

"古来圣贤皆寂寞,惟有饮者留其名。"这两句诗曾引起过一些封建卫道者的批评,以为李白过于狂妄,难道连先圣先贤如孔子、孟子者,都是默默无闻,只有酒鬼留名于后世吗?编《唐文粹》的姚铉就把"圣贤"改为"贤达",代李白纠正了失言。这种批评,其实是多余的,读文艺作品不能如此认真、如此老实。这两句诗,仅是艺术上的夸张手法,不必看成思想的真实。宋代人讲究诗的各种炼句方法,把这种格式的诗句称为"尊题格"。在一个对比中,为了强调甲方而大大地压低乙方,这叫作"强此弱彼"的句法,也就是"尊题"的意思。李白为了夸大饮者,而贬低了圣贤的后世之名。白居易的《琵琶行》云:"岂无山歌与村笛,呕哑嘲哳难为听。今夜闻君琵琶语,如听仙乐耳暂明。"为了夸张商妇弹琵琶的美妙,就说成江州地方没有中听的音乐,有的只是很难听的山歌与村笛。韩愈的《石鼓歌》云:"陋儒编诗不收入,二雅褊迫无委蛇。"为了夸大石鼓诗的典雅,甚至责怪孔子编《诗经》为什么不把这首诗收进去,还说《诗经》中的大雅、小雅两部分的诗都是很"褊迫"而无曲折的,甚至

---

1 莪玛·哈耶谟的《鲁拜集》,有郭沫若译本。哈菲兹也是古代波斯(伊朗)诗人。

还说孔子是一个“陋儒”。又为了夸大石鼓文的书法，而贬低王羲之的书法是庸俗的：“羲之俗书逞姿媚，数纸尚可博白鹅。”以上两例，也都是尊题手法，在唐诗中是常见的。

一九七八年八月二日

哀江头

杜甫

李白和杜甫都是盛唐诗人。他们二人的诗数量既多，又各有独特的风格。李白树立了浪漫主义风格，杜甫树立了现实主义风格。在文学史上，他们是齐名的大诗人。但是在当时，杜甫的声望却没有李白高。李白于开元末年到长安，得到贺知章的吹嘘，玉真公主的提拔，玄宗皇帝的赏识，很快就供奉翰林，成为烜赫一时的宫廷诗人，每一篇新诗，都传诵天下。杜甫比李白小十一岁。他于开元二十三年进士落第后，漫游伊、洛、齐、赵，至天宝五载才回到长安。这时，李白已失宠于玄宗，被放出宫廷，开始其漫游生活。杜甫在长安六七年，默默无闻。后来，由于进呈《三大礼赋》《封西岳赋》，歌颂了玄宗皇帝的几次大典礼，才得授官为右卫率府胄曹参军。翌年就发生安禄山之乱，从此在兵荒马乱中过了三年狼狈生活，此后便寓居成都。

他的诗篇，主要是记录安史之乱这段时期的个人生活，同时也反映了当时朝野的现实。在安史之乱以前，他的诗作不多，或者是留存不多。在开元、天宝年间，人们只知道李白，而不知道杜甫。殷璠编选的《河岳英灵集》，收玄宗开元二年（公元七一四年）至天宝十二载（公元七五三年）间二十四位著名诗人的诗二百三十四首，其中有李白的诗十三首，而没有杜甫的诗。可知在开元、天宝年间，杜甫虽身在长安、洛阳，他的诗还没有得名。寓居成都以后，诗越写越好，但是因为远离了文艺中心的长安，也还是不很著名。高仲武编选的《中兴间气集》，收至德元载（公元七五六年）至大历末年（公元七七九年）二十六位著名诗人的诗共一百三十二首，也还是没有杜甫。由此可知杜甫与李白在当时并非齐名。一直要到元稹作杜甫的墓志铭，才极力推崇杜甫，以为非李白所能及。韩愈作诗，有“李杜文章在，光芒万丈长”(《调张籍》)之句，从此以后，论诗者才以李、杜并称。元稹的扬杜抑李，使后代的文学批评家提出了“李、杜优劣论”的问题，对于李、杜二人诗篇的谁优谁劣，历代以来有过不少论辩。

李、杜二人都写了大量诗篇，李有诗一千首，杜甫诗一千四百首。选诗的人，常感到从他们二人的诗集中要选几首代表作，很不容易。元代的杨士弘编选《唐音》，干脆不收李白、杜甫和韩愈的诗。他的理由是“李、杜、韩诗，世多全集，故不及录”，这是掩饰之词。王维、白居易、李贺等人的全集，并未亡失，为什么都有选录呢？其真正的理由，首先是宋元时人以李、杜、韩为唐诗中杰出的三大家。他们地位高了，不可与其他诗人平列。另外一个理由是感到不容易选，故索性不选。

我现在选讲唐诗，对李、杜两家，同样也感到难于选材。不过我不是在编唐诗选集，不一定要选他们最好的诗。只因为他们的风格表现在各体诗中，为了全面欣赏，不能不多讲几首。

讲杜甫的诗，从《哀江头》开始：

> 少陵野老吞声哭，春日潜行曲江曲。
> 江头宫殿锁千门，细柳新蒲为谁绿？
> 忆昔霓旌下南苑，苑中万物生颜色。
> 昭阳殿里第一人，同辇随君侍君侧。
> 辇前才人带弓箭，白马嚼啮黄金勒。
> 翻身向天仰射云，一箭正堕双飞翼。
> 明眸皓齿今何在？血污游魂归不得。

清渭东流剑阁深，去住彼此无消息。
人生有情泪沾臆，江水江花岂终极。
黄昏胡骑尘满城，欲往城南望城北。

天宝十五载六月九日，潼关失守，安禄山军队逼近长安。十二日，玄宗下诏亲征，事实上是仓皇逃难。此时杜甫在鄜州。七月初，太子李亨在灵武即皇帝位，改元至德，历史上称为肃宗。杜甫听到消息，就奔向灵武。可是在中途被安禄山军队截获，送回长安。在长安住到明年四月，才得脱身，到凤翔去谒见肃宗。被拘在长安的时候，杜甫看安禄山占领下的京都，一片荒芜杂乱的景象。许多贵族子弟，求生无计，困苦万状。他写下了《哀王孙》《哀江头》等诗篇。

《哀江头》是至德二载春天，杜甫经过曲江时有感而作。曲江在长安城东南，是一个大池，故又名曲江池。据说这里是汉武帝开辟的一个风景区，当时称为宜春下苑。池中种满了荷花，隋文帝改名为芙蓉苑。唐玄宗也喜欢这里的景致，开元年间曾大加修治，周围造起了离宫别馆，种上几万株杨柳花木。池中除荷花外，还有菱芡蒲苇。玄宗常和贵妃来此游览。长安人民也以此为游乐之处，每年正月晦日、三月上巳、九月重阳这三大节日，游人最盛。现在曲江遗址已在西安城外，只剩一块洼地。

这首诗的结构也像一般的乐府歌行一样，四句一转。开头四句用哭字韵。“少陵野老”是杜甫给自己题的别号，他又自称“少陵布衣”。因为他家住在长安城东南的少陵。“吞声哭”就是古文所谓“饮泣”，不敢出声的哭。“潜行”是偷偷地走过去，不敢公然在大路上走。“江曲”即“江头”，是弯曲的岸边。他独自一人，偷偷地到曲江去看了一下，只见江边的宫殿，如紫云楼、彩霞亭、芙蓉苑、杏园等，千门万户都已锁上。江头依旧生长着细柳新蒲，可是它们已失去了主人，不知为谁而绿了。看了这样荒凉败落的景象，回忆过去的繁华热闹，这位少陵野老不禁暗暗地哭了。

以下四句转色字韵。回忆不久以前皇帝还同贵妃一起到南苑来游览，使苑中万物都大有光辉。“昭阳殿里第一人”是赵飞燕，杜甫也和李白一样，借来指杨贵妃。她和皇帝同坐在一辆车里，侍候在皇帝身旁。“霓旌”即彩旗。皇帝出来，前后有彩旗簇拥，故以霓旌代表皇帝的车驾。“南苑”即“芙蓉苑”，因为在曲江池的南头。

以下又是四句，仍用原韵。诗意说：御驾前扈从的才人带着弓箭，骑着以黄铜为勒具的白马。她们回身仰天向云端里发射一箭，就射下了一只双飞的鸟。这四句诗，向来都解释为回忆玄宗与贵妃行乐的事。“忆昔”以下八句，吴昌祺在《删订唐诗解》中以为都是“追忆昔时之盛”。许多选本都采用“一笑”而不用“一箭”，以为这是指贵妃看到才人射鸟，破颜一笑。这是描写贵妃得宠的娇态。

对于这样讲法，我很怀疑。总觉得下文“明眸皓齿”一句接不上。我以为“忆昔”这二字只管到第四句“同辇随君侍君侧”，这是作者回忆到玄宗与贵妃同游曲江的盛况。“辇前才人带弓箭”以下四句，仍用原韵，改用象征手法，暗指贵妃之死。“辇”字是盛衰生死的转折点。前一个“辇”字是与君王“同辇”，后一个“辇”字是“辇前才人”。才人是宫中正五品的妃嫔，共有九名，她们是皇后的侍从，不是武官，向来不带弓箭。而作者却说她们带了弓箭。翻身、向天、仰射，接连用三个形容射箭姿态的词语，有何必要？我以为是作者暗示“犯上”的意思。尤其明显的是“双飞”，岂不是指玄宗与贵妃同辇逃难？一箭射下了其中之一，岂不是象征了贵妃之死？只有这样理解，才能与下句钩连。

以下四句，仍用原韵，写贵妃死后的情况。明眸皓齿的美人如今在哪里呢？她已经成为无家可归的血污游魂了。这两句也是问答句法。贵妃之死，正史上的记载是缢死的。既不是被杀，也不是中箭。此句用“血污”字样，不过夸张其死状之惨，不必根据杜甫此诗，为贵妃之死造成疑案。但是，以贵妃的身份，当时执行缢杀的人，决不会是军将，故作者安排了带弓箭的才人。射箭是虚构，才人可能是实情。以下两句写贵妃死后，玄宗入蜀的情况。一群人随渭水而东流，一群人深入剑阁。“去住彼此”这一句，向来有几种解释：朱熹以为“去”是指从剑阁入蜀的玄宗，“住”是指杜甫自己。唐汝询说：“所幸惟清渭之流，能通剑阁，然而去住消息，彼此无闻矣。”（《唐诗解》）这是讲错了上句，而没有明释下句。吴昌祺说：“清渭二句，言父子相隔也。”（《删订唐诗解》）这是以为“去”指玄宗，“住”指肃宗。杨伦注曰：“清渭，贵妃缢处；剑阁，明皇入蜀所经。‘彼此无消息’，即《长恨歌》所谓‘一别音容两渺茫’也。”（《杜诗镜铨》）这是把“去”指玄宗，“住”指贵妃了。以上四种解释，朱熹、吴昌祺所释，几乎没有人赞同；杨伦所释，本于唐汝询，大概获得多数读者的同意，一般都是这样讲法。但我还觉得有些讲不通，因为贵妃已死，怎么还能说“彼此无消息”呢？这和“一别音容两渺茫”的意义是不同的。“彼此”是两个人。“两渺茫”的“两”字是指“音”和“容”。意思是既不能听到她的声音，又不能见到她的容貌，所以说“两渺茫”，并不是两个人彼此都感到渺茫。因此，我以为杜甫在此句中用“去住”“彼此”，必然另外有意义。考《唐书·玄宗纪》说：当时杀死杨国忠、缢死杨贵妃之后，随从玄宗出奔的将士、官吏、宫女都口出怨言，不愿从行。玄宗无可奈何，只得说：

"去住任卿。"[1]于是走散了许多人。玄宗到成都时，只剩军将官吏一千三百人，宫女二十四人。这就是杜甫用"去住"二字的根据。因此，我以为"去"指散伙的人，"住"指留下来护卫玄宗入蜀的人。从此，去者如渭水之东流，住者深入剑阁，彼此都不相干了。

最后四句仍用原韵，大意说：人因为有情，所以看到曲江衰败的景况，不免要下泪；可是江水江花，却是无情之物，永远如此，没有兴衰成败。于是作者在悲怆之中，转身回家。此时已在黄昏时分，安禄山部下那些骑兵在城里乱闯，扬起了满城尘沙，使他提心吊胆，以致迷失了方向。本想到城南去，却望城北走了。

这最后一句，也有不同的文本。句尾三字，有的作"忘南北"，有的作"往城北"，同样都表现迷路之意。但历来注释者有不同的讲法。有的说杜甫家住城南，故"欲往城南"。因为肃宗即位于灵武，而灵武在长安之北。杜甫渴想到灵武去，故"望城北"。近人陈寅恪说："杜少陵《哀江头》诗末句'欲往城南望城北'者，子美家居城南，而宫阙在城北也。自宋以来，注杜者多不得其解，乃妄改'望'为'忘'，或以'北人谓向为望'为释。殊失少陵以虽欲归家而犹回望宫阙为言，隐示其眷念迟回，不忘君国之本意矣。"(《元白诗笺证稿》)

这两种讲法都以"望"为看望。或者说杜甫要看望灵武，或者说他要看望宫阙。使人不能理解的是：为什么要走回家去看望城北，为什么不干脆到城北去看呢？再说，此时的宫阙，已被安禄山所占有，杜甫既"不忘君国"，似乎也不会恋念这个伪政权所在的宫阙。

把"望"字讲作"向"字，是陆游在《老学庵笔记》中提出的。

1　要走的就走，愿意留下的就留下，随你们的便。

他说，他看到的杜甫诗集，此句作“欲往城南向城北”。但王安石有两首集句诗，都引用杜甫这一句，都是“望城北”。当时有人以为王安石写错了，也有人以为王安石妄改。陆游以为传抄本偶有不同，其意则原是一样。北方人以“望”为“向”，“望城北”就是“向城北”，亦就是遑惑避死，不能记南北之意。

这些不同的讲法，都由于没有找出杜甫用字的来历，把一个比喻句误认为实写的叙事句了。朱鹤龄引用曹植《吁嗟篇》的两句作注：“当南而更北，谓东而反西。”（见《杜诗详注》）这才揭出了杜甫用“南北”二字的依据。可知它与家住城南没有关系，与灵武或宫阙也没有关系。只是说在“胡骑满城”的情况下，惶恐迷路而已。不过朱鹤龄这个注，还没有找到根源。徐幹《中论·慎所从篇》云：“譬如迷者，欲南而反北也。”这才是杜甫诗的原始出处，“欲往城南”分明就是“欲南”的演绎。徐幹和曹植同时，徐幹卒时，曹丕还没有受禅，他的《中论》早已流传于世。曹植此诗，大约作于黄初年间，可知他是引申徐幹此句作诗的。此外，杜甫自己也有两句同样意义的诗：“过客径须愁出入，居人不自解东西。”（《将赴成都草堂途中有作先寄严郑公五首》之二）这就可以用曹植的“谓东而反西”来作注了。又，《贤首楞伽经》是六朝人译的佛经，其中有句云：“譬如迷人，于一聚落，惑南为北。”这是印度哲人与中国学者同样用迷失方向来比喻一个人在学术上走错了路。

这首诗并不很艰深，也没有隐晦的辞句。一千多年来，读杜诗者都认为是好诗，有人喜欢将此诗和《丽人行》一起读。《丽人行》写杨贵妃的黄金时代，这首诗是写她的悲剧性下场。借贵妃的盛衰来反映玄宗后期政治从腐败走向崩溃。杜甫的大部分诗篇都是当时政治和社会的一面镜子。在北宋初期，文艺批评家已肯定他的诗是“诗史”，用诗的形式写成的历史。这个称号，已经写进《新唐书》的《杜甫传》，成为定评了。

但是，我讲这首传诵已久的浅显的诗，还能提出几处与前人不同的解释。这就说明，对古代诗歌的了解，并非简单的事。作者的本意，怎样才能体会得正确，从而做出正确的解释。这个问题，几乎是无法回答的，我顺便在这里讲一个孟轲的故事：孟子的学生咸丘蒙，有一天问老师道："《诗经》里有四句诗：'普天之下，莫非王土；率土之滨，莫非王臣。'这是说全国都是舜统治的土地，全国人民都是舜的臣子。那么，难道舜的父亲瞽叟也是舜的臣民吗？"孟子回答道："这几句诗不能这样理解。整首诗的主题是有人抱怨劳逸不均：既然人人都是舜的臣民，为什么我特别劳苦呢？"接着，孟子说："讲诗的人不能以文害辞，更不能以辞害意。必须以意逆志，才有所得。"这是说：讲诗不要死讲一个字，以致误解了一个词语；不要死讲一个词语，以致误解了诗意，必须用你的意志去迎合作者的意志。再接下去，孟子又举了一个例说："《诗经》里还有一首诗，描写周朝时旱灾严重，人民死了不少。诗人说：'周余黎民，靡有孑遗。'如果照字句死讲，'靡有孑遗'就是没有一个活下来。那么，事实难道真是这样吗？"

孟子提出的"以意逆志"，成为理解或欣赏诗歌的一个方法，也成为文学批评的术语。对于古人的诗作，不可拘泥于字面，要揣摩作者的本意。不过孟子和咸丘蒙所谈的是怎样对待文学上的夸张手法。我们还可以找一个例子来说明。杜甫写过一首《古柏行》，描写一株古柏树。诗句云："霜皮溜雨四十围，黛色参天二千尺。"宋朝一位科学家沈括在他的《梦溪笔谈》中就批评这两句诗不对。他用数学观念来理解这两句诗，就说这株古柏太细长了。但杜甫的本意不过形容树之高大，他不会考虑数字的准确性。我们用“以意逆志”的方法读这两句诗，知道这是夸张手法，也决不会给这株树推算体积比例。

对于一首诗的主题思想，我们也只有用“以意逆志”的方法求解。不过，作者的志有时隐而不显，读者的意又是各不相同，于是一首诗可以有许多不同的讲法。从阮籍的《咏怀》到陈子昂的《感遇》，有过许多人作笺注，都是以各人的意去逆作者的志。到底谁的解释接触到作者的本意，这也无法判断，读者只能挑选一个比较讲得有理的，就此满足了。

可是，以意逆志也不能完全从主观出发。必须先尽可能地明确这个作品的写作时期，作者的思想情况、生活情况，把这个作品纳入一个比较近似的环境里，然后用自己的意去探索作者的志。例如《蜀道难》这首诗，自从萧士赟说是为玄宗幸蜀而作，以后几乎成为定论。许多笺注家都用这个观点去分析作品，讲得似乎很能阐发作者的主题思想。可是，一看到《河岳英灵集》中已收入这首诗，证明了李白这首诗是在安禄山叛乱以前所作，才知道萧士赟的解释是逆错了作者的志。由此可知，主观主义的以意逆志也是很危险的。

一九七八年八月二十五日

第九章

中唐诗话

闲适诗十一首

白居易

白居易诗二千八百余首，讽谕诗仅占少数。《白氏长庆集》十三卷以下，不以类分，似乎以闲适诗为最多。在许多古调及近体诗中，有很好的诗，也有不少几乎堕入张打油的诗，可以说是“如长江大河，挟泥沙以俱下”。现在选录三首：

枯桑

道旁老枯树，枯来非一朝。
皮黄外尚活，心黑中先焦。
有似多忧者，非因外火烧。

赠韦炼师

浔阳迁客为居士，身似浮云心似灰。
上界女仙无嗜欲，何因相顾两徘徊。
共疑过去人间世，曾作谁家夫妇来。

浔阳春

春生何处暗周游，海角天涯遍始休。

先遣和风报消息，续教啼鸟说来由。

展张草色长河畔，点缀花房小树头。

若到故园应觅我，为传沦落在江州。

第一首诗的风格大似王梵志、寒山子，在白居易诗中，是很浅俗的作品。第二首是赠韦炼师的。炼师就是道士，不论男女，都可称为炼师。这位韦炼师是女道士，白居易赠她的诗却说：你是没有情欲的上界女仙，为什么来留恋我？好像我们二人前世曾是夫妻。赠女道士的诗，如此措辞，在唐代诗人中，是绝无仅有的。尽管唐代的女道士，有些近似妓女，但白居易也不应当写出这样庸俗的诗来留在集中。第三首第二联“先遣”“续教”“报消息”“说来由”，用词也不免粗俗，在正统的诗人眼下，这些都是很不雅驯的诗句。苏东坡说白居易诗俗，大概都是指这一类诗，我在这里只是随意举出三首，它们也未必是最俗的诗。

五、七言长篇排律是白居易和元稹互相唱和的惯用诗体。排律虽开始于杜甫，但长到一百韵的排律却创始于元白。他们俩用这种诗体往还酬答，争奇斗胜，叙事抒情像写信一样。如有一首《代书诗一百韵寄微之》，题目就说明是代替书信的诗。在这首一百韵、一千字的长诗中，他叙述了从贞元年间他们两人开始定交以来的遭遇，很像一篇诗体的自传。现在节录其中一段，叙述当年在长安和朋友们春日游曲江池，与歌伶伎女一起野宴的情况：

往往游三省，腾腾出九逵。

寒销直城路，春到曲江池。
树暖枝条弱，山晴彩翠奇。
峰攒石绿点，柳宛曲尘丝。
岸草烟铺地，园花雪压枝。
早光红照耀，新溜碧逶迤。
幄幕侵堤布，盘筵占地施。
征伶皆绝艺，选妓悉名姬。
铅黛凝春态，金钿耀水嬉。
风流夸坠髻，时世斗啼眉。
密坐随欢促，华樽逐胜移。
香飘歌袂动，翠落舞钗遗。
筹插红螺碗，觥飞白玉卮。
打嫌《调笑》易，饮讶《卷波》迟。
残席喧哗散，归鞍酩酊骑。
酡颜乌帽侧，醉袖玉鞭垂。

这一段共十六韵，三十二句。开头二韵四句是从上文过渡到春游，“春到曲江池”是关键性句子。以下四韵八句，写曲江池山水景色。接下去又用四韵八句，描写在曲江池畔张帷幕，摆筵席，选请美丽的妓女。再用四句八韵，描写饮酒歌舞欢乐的热闹情况。最后二韵四句，写酒阑人散、骑马回家，是这一段诗的结束。

在元白诗流行的时候，元和体这个名词，在青年诗人中间，是一个新兴诗派的名词，大家摹仿着作；在老一代的正统诗人中间，却是一个被轻视的名词，大家不屑一顾。到了宋代，元和体只是唐诗的一派，人们对它的看法，和西昆体一样，并不再有轻视的意味。明代盛行唐诗，

五、七言长篇排律也有人学着作了。大概是考虑到元和体这个名词的意义不很确定，人们就把元白式的长篇排律称之为长庆体。清初吴梅村的《圆圆曲》、朱彝尊的《风怀》诗，就是竭力学长庆体的。

赋得古原草送别

离离原上草，一岁一枯荣。
野火烧不尽，春风吹又生。
远芳侵古道，晴翠接荒城。
又送王孙去，萋萋满别情。

这一首是白居易早期作品，他自己编在“未应举时作”的一些诗中，但这首诗却是名作，宋人笔记《复斋漫录》记了关于这首诗的故事：白居易在长安，曾以他的诗卷去向当时的前辈诗人顾况请教。顾况一看他的名字，就说：“长安百物昂贵，居住在这里可不容易啊！”这句话表面上好像是因白居易的名字而开个玩笑，但也无意中流露出一点轻视这个后生小子之意。及至看到白居易这首诗，他很赞赏“野火烧不尽”一联。他就说：“能作这样的诗句，在长安居住下去也不难。刚才的话，我是说着玩的。”这个故事，不一定可信，因为有人考证出，白居易和顾况没有会面的机会。不过这两句诗确是佳句，好在它是一副对仗极其工稳的流水对，既刻画了原头春草顽强的生机，又可以用作各种比喻。这是有高度比兴意义的诗句，但是接下去两句颈联却大不高明：“远芳侵古道”就是“晴翠接荒城”。这两句诗只有一个概念，犯了合掌之病。宋人诗话里已有人批评过了。诗虽然主要是咏古原草，但它是为送别而作，所以结句要运用春草王孙的典故，点明送别之情。《复斋漫录》将此诗题作《咸阳原上草》，就使人不能了解结句的意义了。

书天竺寺

一山门作两山门，两寺元从一寺分。
东涧水流西涧水，南峰云起北峰云。
前台花发后台见，上界钟清下界闻。
遥想吾师行道外，天香桂子落纷纷。

这是白居易任杭州刺史时题天竺寺的诗，玩弄语文花巧，接连写了六句结构很新颖的诗句。杭州灵隐寺的山门也就是天竺寺的山门。山门内有冷泉亭，是两道溪涧的合流处。灵隐寺、天竺寺又同处在北高峰下，对着南高峰。白居易利用这样好的题材，写成此诗，自己也很得意，亲笔写了，留在寺里。到了宋代，苏东坡小时，曾听他父亲说，天竺寺里有白居易手书的墨迹。过了四十七年，苏东坡到杭州来做刺史，在游天竺寺的时候，访问了和尚，才知白居易的手写本已没有了，但是有石刻的诗碑还在。于是苏东坡也作了一首诗：

香山居士留遗迹，天竺禅师有故家。
空咏连珠吟叠壁，已亡飞鸟失惊蛇。
林深野桂寒无子，雨挹山姜病有花。
四十七年真一梦，天涯流落泪横斜。

香山居士是白居易晚年的别号。这首诗的颔联是摹仿白居易原作的句法。咏连珠、吟叠璧，是指原作的句法；亡飞鸟、失惊蛇，是说白居易墨迹已亡失。“飞鸟出林、惊蛇入草”，是唐人形容怀素草书的话。因为东坡此诗，白居易这首诗的句法，后来就被称为连珠格。张祜诗云："杜鹃花落杜鹃叫，乌臼叶生乌臼啼。"(《海录碎事》引）亦同。

花非花

花非花，雾非雾。
夜半来，天明去。
来如春梦几多时。
去似朝云无觅处。

期不至

红烛清樽久延伫，
出门入门天欲曙。
星稀月落竟不来，
烟柳昽昽鹊飞去。

白居易有许多小诗，极有情趣，可以看出他在追求新的形式。这里选了两首，前一首是变格的仄韵七绝，他把前两句各分为三三句法。后一首是传统形式的仄韵七绝，也可以说是七言的吴声歌曲。两首诗都是为妓女而作。"花非花"两句比喻她的行踪似真似幻，似虚似实。唐宋时代旅客招妓女伴宿，都是夜半才来，黎明即去。元稹有一首诗，题为《梦昔时》，记他在梦中重会一个女子，有句云："夜半初得处，天明临去时。"也是描写这一情况。因此，她来的时间不多，旅客宛如做了一个春梦。她去了之后，就像清晨的云，消散得无影无踪。

《期不至》题目就说明了有所期待，而其人却不来。期待的是什么人？题目和诗句中都没有说明，我们当然不便妄猜。但看作者预备好红烛清樽，等那人来一起饮酒消夜。可是等了好久，几次三番地出门去盼望，盼望不到又回进来，不知不觉天快亮了。一直等到星稀月落，竟是不来。如雾如烟的杨柳已经照上了微弱的阳光，栖宿在杨柳上的乌鹊也飞走了。这首诗写有所期待而不能如愿的情调极为宛转多情。在唐宋时代的现实生活中，这首诗所描写的只能是妓女之类的人物。但是，白居易写这两首诗，恐怕也还是作为一种比喻。

忆江南（三首）

江南好，风景旧曾谙。
日出江花红胜火，
春来江水绿如蓝。
能不忆江南？

江南忆，最忆是杭州。
山寺月中寻桂子，
郡亭枕上看潮头。
何日更重游？

江南忆，其次忆吴宫。
吴酒一杯春竹叶。
吴娃双舞醉芙蓉。
早晚复相逢？

这三首是白居易晚年在洛阳创造的新体诗，他采用三言、五言、七言句的混合体，使诗的音调脱离了单纯的五言或七言诗。这种句法的诗，更容易谱入乐曲中歌唱。在白居易身后不久，这种诗被称为“长短句”，但还属于歌行诗中的一种新体。更迟几年，它们与温飞卿的《菩萨蛮》，刘禹锡的《竹枝词》《浪淘沙》，韩偓的《生查子》，都被名为曲子词，属于另外一种文学类型，即宋人所谓“词”。《忆江南》是早已见于《教坊记》的曲调名，白居易依照这个曲调的音节作词，从此它的句法形式便固定了下来。

刘禹锡看到白居易这三首新诗，也依式作了两首：

和乐天春词，依《忆江南》曲拍为句

春去也，多谢洛城人。
弱柳从风疑举袂，
丛兰裛露似沾巾。
独坐亦含颦。

春去也，共惜艳阳年。
犹有桃花流水上，
无辞竹叶醉尊前。
惟待见青天。

白居易偶尔创造了一个新形式的诗，作了三首，以抒发他回忆江南风物之情。刘禹锡用白居易的格调，作《春词》，而内容并不是忆江南。从此，唐代新的歌曲名，也像乐府古题一样，为诗人所采用时，可以不必顾到这个歌曲的原始内容。以“忆江南”标题的诗，其内容不一定是忆念江南。正如作古乐府的，如果用“饮马长城窟”为题，诗的内容并不必须写成边兵士的生活。这样一来，曲调名仅仅代表某一特定句式的诗体，成为各种不同形式的诗体名词。这个倾向，经过晚唐五代而到北宋，在词这种新兴文学类型发展完成时，被确定下来了。

一九八四年十一月十二日

追记

写此文后旬日，偶然翻阅《唐诗三百首》，其卷五中有白居易诗“离离原上草”，题作《草》。有蘅塘退士旁批，其批第一、二句云：“诗以喻小人也。”批第三句云：“销除不尽。”批第四句云：“得时即生。”批第五句云：“干犯正路。”批第六句云：“文饰鄙陋。”结尾两句批云：“却最易感人。”

这个批解，可谓罗织周密，句句上纲。但是，此诗题作《草》，乃承《唐诗品汇》之误。《白氏长庆集》中明明题作《赋得古原草送别》。宋人删去“送别”两字，明人又删去“赋得古原”四字，于是诗题仅存一个“草”字。如果读者知道白居易此诗为送别而作，就可以知道蘅塘退士的旁批全不足信。如果用退士的旁批来解释这首送别诗，那么白居易简直是在咒骂朋友。

蘅塘退士不知道此诗原题，粗读一遍，就非常主观地定下它的主题思想是以草比喻小人。于是顺着这个观点一句句地批下去，对于一般读者，却是“最易惑人”。

现在我要恢复作者的本意，按照送别的主题来解释这首诗：前四句说草有强大的生命力，一年之中，有枯萎的时候，也还有繁荣的时候。“枯荣”两字，用得心细。是先枯后荣，不是先荣后枯。我们可以假定被送别的是一个落第进士。他失意回家，是他“枯”的时候。白居易赋诗送别，以草为喻。草的枯荣，是一年之间的事，现在虽然被野火烧枯了，得到春风一吹，立刻就会繁荣起来。这里就寓有安慰之意，形容他现在的枯萎，是由于野火，而且是野火所烧不尽的，所以不久就可以遇到春风吹拂，重新获得繁荣。下半首诗是说古原上的草，在春风之下，又生长出来，在古道荒城之间，欣欣向荣，成为远芳晴翠。现在我送你远行，看着这些原头芳草，有感于它们的枯荣遭遇，因而赋咏古原上的离离芳草，来寄托我的别情。

这样讲，和蘅塘退士的讲法完全不同，但是符合了原题意旨。尽管说："诗无达诂。"各人可以有各人的体会，但是，首先要掌握作者的创作动机，仍是必要的。

一九八四年十一月二十五日

第十章

晚唐诗话

锦瑟

李商隐

南朝宫体诗绮丽的辞藻，到盛唐时，已被摈斥在诗坛之外。王、孟的诗，固然清淡；即使李、杜、高、岑，也绝不堆垛秾艳的字面。从此以后，诗家一味崇尚清淡，到了郊、岛，已清淡到质朴无华的古拙境界，不免有人感到枯瘁。物极必反，首先出现了一个李贺。他从齐梁诗赋中汲取丽辞幽思，运用在唐代的声韵琅然的近体诗中，登时使唐诗开辟了一片新境界。受李贺影响的有施肩吾、段成式、温庭筠、李商隐。段、温、李三人都排行十六，所以当时人称他们的诗体为“三十六体”。

杜甫作诗极讲究句法，如《秋兴》八首之类，诗句都极为雄健。作长篇诗，又在叙事方法上，继承了司马迁、班固的史笔，如《北征》《自京赴奉先咏怀》之类，形式是诗，精神却是一篇散文。这一特征，首先由韩愈继承了下来，于是使后世有“以文为诗”的评语。李商隐的诗，在句法与章法、结构方面，显然可以看出杜甫、韩愈的特征。

为了要运用绮丽的字面来结构对偶的律诗句法，有许多思想、情绪，甚至事实，不便用本色词语来表达，于是不得不借助于运用典故。在李商隐以前，诗人运用典故，不过偶尔用一二处，不会句句都用典故。而且一般的用典故都是明用，读者看得出，这一句中包含着一个典故。只要注明典故，诗意也就明白了。但是，李商隐的诗，往往是逐句都用典故，即使都注明白了，诗意还是不易了解。因为在运用典故的艺术手法上，他也有所独创。他在诗中运用典故，常常是暗用、借用或活用。典故本身所代表的意义，常常不是李商隐企图在他的诗中所显示的意义。

南朝宫体诗使用绮丽的辞藻，描写男女欢爱的宫廷生活。这些诗的思想内容，不会越出文字意境之外。因此，宫体诗的创作方法，绝大多数都是“赋”。李商隐有许多诗，也是组织了许多绮丽的辞藻，描写男女欢爱。但在文字表面现象的背后，还隐藏着与男欢女爱不相干的意义。这样，李商隐的艳体诗，或说情诗，仅是他的某一种严肃思想的喻体，我们说他是用“比兴”的创作手法来写这一类诗的。温庭筠与李商隐齐名，文学史上称为“温李”，但温庭筠的诗很少用比兴手法。无论意义与价值，温庭筠的诗远不如李商隐。

在唐诗中，李商隐不能说是最伟大的诗人，因为他的诗的社会意义，远不及李白、杜甫、白居易的诗。但我们可以说李商隐是对后世最有影响的唐代诗人，因为爱好李商隐诗的人比爱好李、杜、白诗的人更多。北宋初年，以杨亿、刘筠等人为首的一群诗人，掀起了一个学习李商隐诗的高潮。他们刊行了一部唱和诗集，名为《西昆酬唱集》，后世就把李商隐风格的诗称为“西昆体”。自从欧阳修、石介、梅尧臣等提倡魏晋风格的古诗，黄庭坚又创立了江西诗派以后，西昆体就不时行了。但是，王安石还说：要学杜甫应当从李商隐入门。

明代是唐诗复兴时期，从前、后七子到陈子龙、钱谦益、吴梅村，都有李商隐的影响。清代中期以后，诗人好做情诗，专学李商隐的无题诗，流品愈下，出现了王次回的《疑云集》和《疑雨集》。再以后，就有鸳鸯蝴蝶派小说中的那些香艳诗了。

金代诗人元遗山的《论诗绝句》云：

> 望帝春心托杜鹃，佳人锦瑟怨华年。
> 诗家总爱西昆好，独恨无人作郑笺。

前二句是《锦瑟》诗中的句子，下二句说诗家都爱好李商隐的诗，但苦于不解诗意，最好有人把它们笺注明白，像汉代郑玄笺注《诗经》一样。这是历代以来读李商隐诗的人共同的愿望。到了明代末年，有一个道源和尚开始为李商隐诗作注解。这部书现在已经失传，无法见到，据说是“征引虽繁，实冗杂寡要，多不得古人之意”。但清初王渔洋在《论诗绝句》中曾极力推崇他，比之为笺解《诗经》的功臣毛公与郑玄：

> 獭祭曾惊博奥殚，一篇《锦瑟》解人难。
> 千秋毛郑功臣在，尚有弥天释道安。

据宋人笔记《杨文公谈苑》云，李商隐每作诗文，一定要查阅许多书本，乱摊在屋子里，人家比之为獭祭鱼。原来水獭衔到了鱼，并不立刻吞食，它要把得到的鱼，一条一条陈列在面前，好像祭祀这些鱼。好久以后，才把这些鱼吃掉。李商隐乱摊书本，找寻资料，以写诗文，其情状也和水獭祭鱼一样。“獭祭”这个词语，现在已被用来讥讽人家东抄西袭做文章了。道安是苻秦时高僧，自称“弥天释道安”，诗中用以指道源。

清初，朱鹤龄在道源注本的基础上增补了许多。其后，经过程梦星、姚培谦、冯浩等人的笺注考释，现在我们用的是冯浩的《重校玉溪生诗详注》。借助于这个注本，我们对李商隐诗中的典故，大致可以了解。但是，对于整首诗的涵义，还是不容易明白。尽管冯浩作了大量的考证笺释，恐怕还有许多不能作为定论的地方。

李商隐的诗，既然有了详尽的注解，还是不容易看懂，而读者偏偏还是爱好，这不是很有矛盾吗？并不矛盾。这正是唐诗的特征，尤其是在李商隐诗中体现了出来。唐诗极讲究声、色、意。首先是声，平仄谐和，词性一致，都是为了追求音律的美，所以称为律诗。隋代以前的五言诗，在不合乐的时候，都是平读的，像我们现在朗诵白话诗一样。唐代的律诗，即使不配音乐，也可以像歌曲一样吟唱，因为它的文字组织有音乐性。其次是色。它属于文字的美，是诉之于视觉的。李商隐极能组织绮丽的辞藻，他运用的单字和语词，浓淡，刚柔，非常匀称，看起来犹如一片古锦上斑斓的图案。最后才是意。深刻的思想、感人的情绪，都是诗的内容，我们称为诗意。李商隐的诗，尽管我们不能理解其诗意，但是它们的声、色同样有魅力能逗取我们的爱好。现在我举出一些历代以来众口传诵的名句：

永忆江湖归白发，欲回天地入扁舟。

（《安定城楼》）

水亭暮雨寒犹在，罗荐春香暖不知。

（《回中牡丹》）

身无彩凤双飞翼，心有灵犀一点通。

（《无题》）

纵使有花兼有月，可堪无酒又无人。

（《春日寄怀》）

一春梦雨常飘瓦，尽日灵风不卷旗。

（《重过圣女祠》）

梦为远别啼难唤，书被催成墨未浓。

（《无题》）

春蚕到死丝方尽，蜡炬成灰泪始干。

（《无题》）

神女生涯原是梦，小姑居处本无郎。

（《无题》）

以上八联都是不朽的名句。第一联不用绮丽字面，而句法却俨然为杜甫，钱良择在《唐音审体》中称之为“神句”。这些诗联放在全篇中，尽管全诗的涵意不甚可解，但就是这一联，已具有吸引人的魅力，使人击节心赏了。此外，还有许多联句，连意义都在可解不可解之间，只因为有高度的声、色之美，也使读者不求甚解而仍能感到它是好诗。

李商隐的诗，有许多题作《无题》《有感》《读史》的，这些诗题，并不像历来诗人那样，用以说明诗的内容。为了记录他的恋爱生活，或者发泄他的单相思情绪，他写了一首隐隐约约的诗，并不要求读者完全明白，于是加上一个题目：《无题》。如果他在社会生活、政治生活方面有所感触，也用艳情诗的外衣写下来，也题之为《无题》或《有感》。如果他对当时的政治、国家大事有所愤慨，他就用借古喻今的手法作诗，题之曰《读史》。“读史”就是“咏史”，这种诗题古已有之，“有感”也早有人用过，“无题”则是他的创造。此外，李商隐还有许多诗，用第一句开头二字为诗题，如《锦瑟》《碧城》之类。这些诗，其实也就是“无题”。

白居易作《新乐府》，唯恐读者不明白他的诗意，在诗题之下还要摹仿《毛诗》，加上一个小序。例如诗题《杜陵叟》下面有一句小序：“伤农夫之困也。”白居易希望自己的作品大众化，要做到“老妪都解”。尽管他的诗已经够明白浅显，他还是不惮烦地要在诗题上表现清楚。李商隐恰恰相反，诗意已经朦胧得很，还不愿加一个说明性的题目，留有余地，让读者自己去感觉，而不是理解。白居易和李商隐，代表了两种文艺观点，两种创作方法，一个是现实主义，一个是近于象征主义。

现在就以《锦瑟》为例，看看历代以来许多人的体会：

锦瑟无端五十弦，一弦一柱思华年。
庄生晓梦迷蝴蝶，望帝春心托杜鹃。
沧海月明珠有泪，蓝田日暖玉生烟。
此情可待成追忆，只是当时已惘然。

宋人《许彦周诗话》云：“《古今乐志》云：‘锦瑟之为器也，其柱如其弦数，其声有适怨清和。’又云：‘感怨清和，昔令狐楚侍人能弹此四曲。诗中四句，状此四曲也。’章子厚曾疑此诗，而赵推官深为说如此。”

这大概是解释此诗的最早资料。许彦周记录赵深的讲法，以为这首诗是李商隐听了令狐楚家妓弹奏锦瑟以后写的。锦瑟有四种音调，诗中两联四句即分别描写这四种音调。“庄生”句是写“适”，或“感”，“望帝”句是写“怨”，“沧海”句写“清”，“蓝田”句写“和”。这样讲诗，真是可谓曲解。“望帝”句勉强可以说是形容其怨，其余三句就扣不上去了。瑟与琴一样，都是一弦二柱，锦瑟的柱数与弦数同，显然是胡说，既然李商隐自己没有注明此诗本事，又何从知道令狐楚家妓曾弹奏过适怨清和的瑟曲呢？但是，尽管许多人不能同意如此讲法，而王世贞还说：“李义山《锦瑟》诗中二联是丽语。作‘适怨清和’解，甚通。然不解则涉无谓，既解则意味都尽，以此知诗之难也。”（《艺苑卮言》）他以为李商隐的这一类丽语，讲不通就没有意思，讲通了反而又觉得不过如此，没有余味了。这一评语，正说穿了李商隐诗的特征。

刘攽《中山诗话》说，锦瑟是当时某一个贵人的爱姬，《唐诗纪事》说是令狐楚的妾。总之，都以为锦瑟是人名，而这首诗是李商隐写他对锦瑟的爱恋。这一讲法，也只是臆说，毫无根据。

但是《唐诗鼓吹》中郝天挺注此诗，仍用“适怨清和”之说。廖文炳从而解云：“此义山有托而咏也。首言锦瑟之制，其弦五十，其柱如之。以人之华年而移于其数。乐随时去，事与境迁，故于是乎可思耳（以上解第一联）。乃若华年所历，‘适’如庄生之晓梦，‘怨’如望帝之春心，‘清’为沧海之珠泪，‘和’为蓝田之玉烟，不特锦瑟之音，有此四者之情已（以上解中二联）。夫以如此情绪，事往悲生，不堪回首，固不可待之他日而成追忆也。然而流光荏苒，韶华不再，遥溯当时，则已惘然矣（以上解尾联）。”这样解释，已经是逐句串讲了，但是读者还未必能豁然开朗，信服他讲得不错，已表达了作者本意。

钱良择在《唐音审体》中释云:“此悼亡诗也。《房中曲》云:‘归来已不见,锦瑟长于人。’即以义山诗注义山诗,岂非明证?锦瑟当是亡者平日所御,故睹物思人,因而托物起兴也。集中悼亡诗甚多,所悼者疑即王茂元之女。旧解纷纷,殊无意义。”以此诗为悼亡而作,以锦瑟为兴感之物,朱彝尊、朱长孺、冯浩也都有此设想,不过对诗句的具体意义,各人的体会又各有异同。

“锦瑟无端五十弦”,钱氏云:“瑟本二十五弦,一断而为二,则五十弦矣。故曰无端,取断弦之意也。”冯浩最初的笺解,以为此句是“言瑟之泛例”,引李商隐诗另一句“雨打湘灵五十弦”为例。又说:“以二十五弦为五十,取断弦之义者,亦误。”又说:“此悼亡诗,定论也。以首二字为题,集中甚多,何足泥也。”这样,冯氏虽然也以此诗为悼亡而作,但认为锦瑟和五十弦都没有任何寓意,而他在重校本中却同意了钱氏的讲法。

“一弦一柱思华年”,钱氏云:“弦分为五十,柱则依然二十五。数瑟之柱而思华年,意其人年二十五岁而卒也。”杨守智笺云:“琴瑟喻夫妇,冠以‘锦’者,言贵重华美,非荆钗布裙之匹也。五十弦、五十柱,合之得百数。‘思华年’者,犹云百岁偕老也。”何焯解此诗首二句云:“首借素女鼓瑟事以发其端,言悲思之情,有不可得而止者。”冯浩笺云:“杨说似精而实非也。言瑟而曰锦瑟、宝瑟,犹言琴而曰玉琴、瑶琴,亦泛例耳。有弦必有柱,今者抚其弦柱而叹年华之倏过,思旧而神伤也。”

“庄生晓梦”二句,钱氏以为“言已化为异物”。何焯云:“悲其遽化异物。”冯浩则以为上句是“取物化之义”,下句则“谓身在蜀中,托物寓哀”。

“沧海月明”二句，钱氏以为上句言其“哭之悲”，下句“谓已葬也，犹言埋香瘗玉”。何焯以为“悲其不能复起之九原也”。这两家的意见是同样的，上句寓悲悼之意，下句惜其长眠地下。冯浩不同意这一讲法。他以为这首诗的下半是“重致其抚今追昔之痛”，“沧海”句是“美其明眸”，“蓝田”句是“美其容色”。

最后一联，“此情”二句，钱氏解释道：“岂待今日始成追忆，当生存之时，固已忧其至此矣。意其人必婉弱善病，故云。”冯浩在初校本中，讲法与钱氏不同。他说：“‘惘然’紧应‘无端’二字。无端者，不意得此佳偶也。当时睹此美色，已觉如梦如迷，早知好物必不坚牢耳。”但是在重校本的《补注》中，却全部否定了自己的旧说，认为钱氏“起结之解，究为近理。中四句必如愚解。”他承认钱氏对此诗首尾两联的解释，较为近理。可是还坚持他对中间二联的解释。

以上所引诸家，都是清初康熙、乾隆朝的笺注家。他们都认为这是一首悼亡诗，但是全诗八句，各人的讲法都不尽一致。即使有相同处，也是同中有异。总的说来，清代诗家均认为此诗为悼亡而作。只有一个纪晓岚，以为它是一首艳情诗：“始有所欢，中有所阻，故追忆之而作。”(《李义山诗辨正》引）差距其实不远，只是那位美人死与不死之别而已。

据说有一个宋刻本李商隐诗集，第一首就是《锦瑟》，因此，何焯又曾以为是李商隐“自题其集以开卷”，此诗有自伤生平之意。此说记载于王应奎的《柳南随笔》，冯浩以为这不是何焯的话。近代张采田作《玉溪生年谱会笺》，关于《锦瑟》这首诗，就采用此说。最近出版了一部《李商隐评传》，其作者更以为这样讲法“最得其实”。他又从而“发挥”之。现在节录如下：

《锦瑟》实际上是李义山一生遭遇踪迹的概括，宋刊义山诗集把它置于卷首决不是偶然的。首联以“锦瑟”兴起，是虚写。“思华年”三字统摄全篇，是本诗基本主题思想的概括。中四句是纯系自伤生平之辞。“庄生”句包含两方面意思：一方面是实写，即追忆青年时代仙游生活。“庄生”，诗人自谓；“迷蝴蝶”，喻入道仙游。另一方面又是虚写，是说自己青年时代有过许多绮丽美好的理想，后来在冷酷的现实生活中逐一幻灭，化为泡影，晚年回忆起来真是既辛酸，又甜蜜。“望帝”句谓我满腹忧愤，惟有假诗篇以曲传。“春心”寓迟暮之感。“沧海”句取沧海遗珠之意，意思是说：沧海的遗珠长对明月而垂泪。“蓝田”句意思与上句相近，是说蓝田的美玉，每临暖日而生烟。总的说来，这两句诗义山自慨不遇。珠、玉，诗人自喻美才；泪、烟，抒写沉沦不遇之痛。尾联运用递进句式，今昔对照，突出诗人内心的惆怅寂寞。诗用反问句式更有力地肯定正面意思：凡此种种遭受，何待今天回忆，就在当时也够令人惆怅伤感的啊！又诗题曰《锦瑟》，取首二字为题，犹《无题》也。

作者每讲一个词语，都引李商隐其他诗中同一个词语为证。例如庄周梦蝶的典故，李商隐用过好几次，作者都引用来作为旁证，以证明这是写“游仙生活”。看到句中有“沧海”和“珠”字，就说这是“沧海遗珠”之意。从来讲唐诗的，何止数百家，尽有讲得很深奥屈曲的，但没有见过如此穿凿附会的讲法。李商隐原诗虽然不能逐句实讲，但体会其涵义，我以为悼亡之说，颇为近情。自伤生平的讲法，或者可以聊备一说，但如果用《评传》作者这样的曲解，恐怕无论如何也讲不清这是一首自伤生平的诗。

以《锦瑟》为例，可知李商隐的许多无题诗，尽管注明了诗中所用典故，还是不很容易了解其主题思想。

冯浩在几十年的研究及笺注工作以后，写下了两段结论。其一云：

> 自来解《无题》诸诗者，或谓其皆属寓言，或谓其尽赋本事。各有偏见，互持莫决。余细读全集，乃知实有寄托者多，直作艳情者少，夹杂不分，令人迷乱耳。《鼓吹》合诸无题诗而计数编之，全失本来意味，尤可噱也。

其二云：

> 说诗最忌穿凿。然独不曰"以意逆志"乎？今以知人论世之法求之，言外隐衷，大堪领悟，似凿而非凿也。如《无题》诸什，余深病前人动指令狐，初稿尽为翻驳，及审定行年，细探心曲，乃知屡启陈情之时，无非借艳情以寄慨。盖义山初心，依恃惟在彭阳，其后郎君久持政柄，舍此旧好，更何求援？所谓"何处哀筝求急管"者，已揭其专壹之苦衷矣。今一一注解，反浮于前人之所指，固非敢稍为附会也。若云通体一无谬戾，则何敢自信。

冯浩最初不赞成以前许多注释家的观点，他在初刻笺注本中，对前人以为有寄托的好些无题诗，一概批驳，断定它们都是描写爱情的艳诗。但后来对李商隐的生平遭遇，经过深入研究，发觉李商隐并不是一个风流浪子，他的那些艳诗，在很大的程度上可能是有隐喻的。

于是他用“以意逆志”的方法，探索这些无题诗的微意。结果是，在他的重定本《笺注》中，他认为是有寄托的无题诗，反而更多于前人研究的结果。但是他也肯定有一小部分无题诗，还是赋艳情之作。在这种夹杂不分的情况之下，他认为必须有所区别，而《唐诗鼓吹》把李商隐的许多无题诗集中在一起，使读者不能区别鉴赏每一首诗的意味，这是他认为可笑的。

但是，对于李商隐的诗，运用“以意逆志”的方法来求解，冯浩也还不敢自信其无误。所以，我以为还是采取陶渊明的方法，“不求甚解”为妙。

一九八五年二月十八日

宋词

龙榆生

第十一章

谈谈词的艺术特征

词是依附唐、宋以来新兴曲调的新体抒情诗，是音乐语言和文学语言紧密结合的特种艺术形式。它的发生和发展，由诗的“附庸”而“蔚为大国”，是和乐曲结着“不解之缘”的。它的长短参差的句法和错综变化的韵律，是经过音乐的陶冶，而和作者起伏变化的感情相适应的。一调有一调的声情，在句法和韵位上构成一个统一体。它是顺着人类发音器官的自然规律创造各种不同的格式，通过这些格式来表达各种不同的情感。把它咏唱起来，是会使人感到“渐近自然”的。它之所以不同于一般五、七言古、近体诗，乃至夹有长短句的乐府诗，也就只在它的句法和韵律，是要受曲调的约束，而这种约束，是循着人类语言的自然法则来制定的。我们要了解“词的艺术特征”，仍得向它的声律上去体会，得向各个不同曲调的结构上去体会。作者能够掌握这些规律，选择某一适合表达自己所要表达的感情的曲调，把词情和声情紧密结合起来，也就会产生各种不同的风格和面貌，引起读者的共鸣。在词的领域中，也一样是“百花齐放”，丰富多彩的。

一个批评家的眼光，常是会被时代和环境所局限，从而“以偏概全”，看不见事物的整体。就是这个诗（这里所说的诗，一般指的是五、七言古、近体诗）和词在语言、技法、风格、意境上的差别问题，在北宋作家如晁补之、李清照等早就提出来了。所谓“少游（秦观）诗似小词，先生（苏轼）小词似诗”(《苕溪渔隐丛话》前集卷四十二引《王直方诗话》中晁补之、张耒说）。所谓“王介甫（安石）、曾子固（巩）文章似西汉，若作一小歌词，则人必绝倒，不可读也。乃知别是一家，知之者少”(《丛话后集》卷三十三引李清照说）。究竟这诗和小词的差别在哪里呢？

我们且看秦观的诗怎样会“似小词”。元好问曾经说过：“有情芍药含春泪，无力蔷薇卧晓枝。拈出退之山石句，始知渠是女郎诗。”(《遗山文集》卷十一《论诗绝句》）这前两句是引的秦观《春日》绝句的后半首，《山石》是韩愈作的七言古体诗。这可见宋、金诗人心目中的诗和词，是有怎样的不同性质。这一对比，恰好说明当日所称“当行出色”的“小词”，该是属于软性的。再看俞文豹《吹剑录》所载：

> 东坡在玉堂日，有幕士善歌。因问：“我词何如柳七？”对曰：“柳郎中（永）词，只合十七八女郎，执红牙板，歌杨柳岸晓风残月（柳作《雨霖铃》）。学士词，须关西大汉，铜琵琶，铁绰板，唱大江东去（苏作《念奴娇》）。”

同样说明了彼时彼地所谓诗、词在风格上的差别问题，也就是后来词家分成婉约、豪放两大流派的根本原因。

为什么彼时彼地一般人的心目中，会存在着这样一个差别见解呢？据我个人的看法，还得注意它的音乐关系。因为词所依的“声”，多是出于“歌台舞榭”的。依着它的曲调来填的词，多是交给“十七八女郎，执红牙板”去唱的。所以它的风格，也就自然要倒向软性的一面。所谓“绮罗香泽之态，绸缪宛转之度”(胡寅《酒边词序》)，也正是为了适应教坊歌曲的一种抒情手法。但从有了“横放杰出，自是曲子中缚不住”（《能改斋漫录》卷十六晁补之评东坡词语）的东坡词以后，简直就是“以词为诗”（陈师道《后山诗话》），所谓“逸怀浩气，超然乎尘垢之外”（胡寅语），开辟了阳刚的一派，一直就在词坛上和软性的阴柔一派并驱争流。这只能说是在词的领域内有了两种不同的风格；而这两种风格是自《诗经》《楚辞》以来，直到所有五、七言古、近体诗，以及南北曲，都是同时存在着的。

我总觉得词所以“上不似诗，下不类曲”，它的主要关键，仍只在曲调的组成方面。由于作者的性格和所处的环境不同，而又善于掌握各个不同曲调的自然规律，因而产生各种不同的技法和风格；而这种种不同的技法和风格，却都是存在于词的领域以内的。清代词人不了解从发展去看问题，不了解从整体去看问题，只凭个人的主观，抓着一些个别现象夸张起来，要想显示自己的“独具只眼”，实际是“一手掩不尽天下人耳目”的。例如刘体仁把“夜阑更秉烛，相对如梦寐”（杜甫《羌村三首》）和“今宵剩把银釭照，犹恐相逢是梦中”（晏几道《鹧鸪天》）作为对比，认为这就是“诗与词之分疆”（《七颂堂词绎》）。他不从这两位作家在当时的物质环境和心理状态上去分析这两种作品的不同意格，却只管在每个句子的音响上，就一时的感觉，似乎有些刚、柔异样，便把它咬定是什么“诗与词之分疆”，这是毫无是处的。如果照刘体仁的说法，那么我也可以举出范仲淹的“都来此事，眉间心上，无计相回避”（《御街行》），来和李清照的“此情无计可消除，才下眉头，又上心头”（《一剪梅》）做个对比。这两者所抒写的情感和所使用的语言，乍看好像没有什么两样；但是它的风格，显然是有着阳刚和阴柔的绝大差别；难道也可以说这是“诗与词之分疆”吗？同时王士祯也有近似的说法：

或问：诗词、词曲分界。予曰："无可奈何花落去，似曾相识燕归来。"定非香奁诗。"良辰美景奈何天，赏心乐事谁家院？"定非草堂词也。(《花草蒙拾》)

我们且看晏殊把这两个平生得意的句子，是怎样和其他的句子组成一个整体的：

元巳清明假未开，小园幽径独徘徊。春寒不定斑斑雨，宿醉难禁滟滟杯。无可奈何花落去，似曾相识燕归来。游梁赋客多风味，莫惜青钱万选才。(《示张寺丞王校勘七律》)

一曲新词酒一杯，去年天气旧亭台。夕阳西下几时回？无可奈何花落去，似曾相识燕归来。小园香径独徘徊！(《浣溪沙》)

这一诗一词，有三个句子是完全一样的。虽然也有人说："细玩'无可奈何'一联，情致缠绵，音调谐婉的是倚声家语。若作七律，未免软弱。"（张宗橚《词林纪事》卷三）其实这只是一些错觉。因为七律形式过于呆板，把这两个名句放在类似绝句的小令中，确是比较更觉得"情致缠绵"的，但也绝对不能说这是什么诗、词的分界。作者就同时把它放在七言律诗里面，难道可以否认它，说它不成其为诗吗？至于"良辰美景奈何天，赏心乐事谁家院"，自然是汤显祖《牡丹亭》里面的名句，但也得跟上文"原来姹紫嫣红开遍，似这般都付与断井颓垣"与下文"朝飞暮卷，云霞翠轩，雨丝风片，烟波画船，锦屏人忒看的这韶光贱"联合起来看，才显得它的特殊风调。它所用的曲牌《皂罗袍》，是句句押韵，平仄通协的。这和宋词的面目，自然要现出两样；但却不是什么单纯地在风格上和《草堂词》(《草堂诗余》所收的五代、宋词）有截然的界限。因为词和曲的不同领域中，又各有其丰富多彩的园地，很难拘以一格，而且各自构成整体，不容许分割开来看的。如果割下一些名句，肯定它是诗、是词、是曲。那么，宋词中也有很多用的是唐人诗句，元、明戏曲中也有很多用的是唐诗、宋词，把它融化得恰到好处，有什么截然不同的界线呢？且看王实甫《西厢记·长亭送别》中那一段：

碧云天，黄花地。西风紧，北雁南飞。晓来谁染霜林醉？总是离人泪。（正宫端正好）

这前面两个三字句，不就是范仲淹《苏幕遮》词上面的话吗？还有《听琴》第一折：

落红成阵，风飘万点正愁人。池塘梦晓，阑槛辞春。蝶粉轻沾飞絮雪，燕泥香惹落花尘。系春心，情短柳丝长，隔花阴、人远天涯近。香消了六朝金粉，清减了三楚精神。（混江龙）

这“风飘万点正愁人”是从杜甫《曲江》七律诗中取来的，“人远天涯近”是从朱淑真《生查子》词中取来的。作者借用这些唐诗、宋词中的名句，巧妙地和其他色彩相称的许多词汇，通过特种曲调的音节，结合成为一个整体。它的特殊情调，仍是由曲调的组织形式来决定的。

我们如果不从各个作品上去推究它的错综复杂关系，不从它的整体上去分析它的继承性和创造性，不从它的音乐性和艺术性的结合上去体会它的不同风格，而盲从一般词话家的片面之言，那对古典文学的欣赏和学习，是会走进黑漆一团的牛角尖里，没有光明的前途的。

现在，再掉过头来，进一步谈谈我个人对“词的艺术特征”的看法。为什么说，词是音乐语言和文学语言紧密结合的特种艺术形式呢？这得追溯一下词的发生和发展的简单历史。王灼曾经说过：“隋以来，今之所谓曲子者渐兴，至唐稍盛；今则繁声淫奏，殆不可数。古歌变为古乐府，古乐府变为今曲子，其本一也。”(《碧鸡漫志》卷一）这里所说的“今曲子”，就是唐、宋以来词家所依的“声”。依附这“今曲子”的“声”来作成长短句的歌词，原来叫作“曲子词”（欧阳炯《花间集序》），后来把它简称作“词”，实质上还是音乐语言和文学语言的结合体。刘昫《旧唐书》志卷十也曾提到“自开元以来，歌者杂用胡夷里巷之曲”(《音乐》三）。这“胡夷里巷之曲”，也就是王灼所说的“今曲子”。这“今曲子”从隋以来，直到唐、五代、宋好几百年中，正在不断地发展着。依附这些不断发展的新兴曲调来制作的新体歌词，也是经过无数的音乐家和文学家的不断合作，不断改进，才得以逐渐组成这个音乐语言和文学语言紧密结合的特种艺术形式。我们只要把郭茂倩《乐府诗集》中《近代曲辞》这一类杂采唐诗人的五、七言古、近体诗配入许多当世流行的新兴曲调，进一步解散五、七言律、绝诗来配合各式各样的令曲，更进一步错综变化组成宋代盛行的慢曲长调，这漫长一段时期的演进历史，是可以从中看出“词的艺术特征”的主要关键，绝对是从每个曲调的整体上表现出来的。

所谓音乐语言和文学语言的结合这个自然规律，在齐、梁时代的沈约就已经发明了。他曾说过：“夫五色相宣，八音协畅，由乎玄黄律吕，各适物宜。欲使宫羽相变，低昂互节，若前有浮声，则后须切响。"(《宋书》卷六十七《谢灵运传论》)由于这个"玄黄律吕，各适物宜"和"宫羽相变，低昂互节"的自然法则的发明，经过无数作家的长期实践，最初是组成了"奇偶相生"，音节和谐的五、七言律、绝形式。但这种形式虽然富有高低抑扬的音节，可使读者和听者发生快感，却因过于整齐的格局，很难和人类起伏变化的感情恰相适应，因之也就不容易和参差繁复的新兴曲调紧密结合，这对"各适物宜"的原则，还是有很大距离的。人类语言，生来就有其高低抑扬的自然节奏。但在汉民族的孤立语中，要把它连缀起来，在每个字的意义和声调上，配合得非常适当，就非得经过长期的音乐陶冶，很难恰如其分地表达作者的起伏变化的感情，而使听者引起共鸣的作用。唐、宋以来长短句歌词的艺术特征，我觉得是应该在这些方面去深入了解的。

我们要了解词的特殊艺术形式，简略地说来，是该从每个调子的声韵组织上去加以分析，是该从每个句子的平仄四声和整体的平仄四声的配合上去加以分析，是该从长短参差的句法和轻重疏密的韵位上去加以分析。由各个独体字的安排适当，组成一个完整的统一体；把这个统一体加以深入体会，掌握某一个调子的不同节奏，巧妙地结合着作者所要表达的各种喜、怒、哀、乐的不同情感，这样，就能够填出感染力异常强烈的好词。古人填词，特别重视选调、选韵，这些关键是要善于掌握的。我们如果彻底了解了这些自然法则，也就不妨解脱过去所有曲调（也叫作词牌或曲牌）的束缚，而自己创造一种崭新的长短句歌词。这在宋代音乐家兼诗人的姜夔，早就这样做过了。他曾说："予颇喜自制曲，初率意为长短句，然后协以律，故前后阕多不同。"(《白石道人歌曲》卷四《长亭怨慢》小序）他是深切了解音乐语言和文学语言紧密结合的基本法则的。所以在他作的自制曲《暗香》《疏影》，经过“工妓隶习”之后，自见“音节谐婉”（同上《暗香》小序）的妙处。

一般说来，人类的情感，虽然因了物质环境的刺激而触起千态万状的心理变化，但总不出乎喜、怒、哀、乐、爱、恶、欲的范围，也可以概括为喜、怒两大类。人类借以表达种种不同情感的语言音节，虽然也有轻、重、缓、急的种种差别，也可以概括为和谐与拗怒两大部分。唐、宋人所组成的“今曲子词”，尤其是慢曲长调，在这上面是十分讲究的。它能在和谐与拗怒的音节方面，加以适当的安排，构成矛盾的统一体，借以表达作者所要表达的某种微妙感情而恰如其量。这在柳永、周邦彦、姜夔诸家的词集中，更是值得我们深入探究的。

为了帮助读者对词的特种艺术形式有一般了解，姑且就一般常用的几个曲调，也就是现行“文学”课本中所能见到的几个曲调，随手拈来，做一些粗浅的分析：

首先来谈苏轼“赤壁怀古”的《念奴娇》。这个调子为什么适宜于表达豪放激壮一类的感情呢？我们先来探讨一下这个曲调的由来。据元稹《连昌宫词》自注：“念奴，天宝中名倡，善歌。每岁楼下酺宴，累日之后，万众喧隘，严安之、韦黄裳辈辟易不能禁，众乐为之罢奏。玄宗遣高力士大呼于楼上曰：‘欲遣念奴唱歌，邠二十五郎吹小管逐，看人能听否？’未尝不悄然奉诏。”（《元氏长庆集》卷二十四）又王灼引《开元天宝遗事》：“念奴有色，善歌，宫伎中第一。”“每执板当席，声出朝霞之上。今大石调《念奴娇》，世以为天宝间所制曲。”（《碧鸡漫志》卷五）根据这些记载，这《念奴娇》的曲调，虽然很难确定是出于天宝间，但看这个曲调的命名，它的音节高亢，是可以断言的。现在就把苏词的文学语言来加以探索，这调子之所以适合于表达激越豪壮一类的情感，是和它的句法和韵位上的适当安排分割不开的。一般五、七言近体诗的调声法式，在每个句子中是两平两仄相互调换，而把逢双的字作为标准，所谓“一三五不论，二四六分明”的；在每首诗的整体中是隔句押韵，每一联（两个对句叫作一联）的末一字是平仄互换的；例如杜甫《登高》七律“无边落木萧萧下，不尽长江滚滚来”，上句末一字是仄声，下句末一字是平声。像这样的安排，是只有“和谐”而不会发生“拗怒”，这对表达激越豪壮一类的情感，是很难做到“各适物宜”的。再掉过头来，检查《念奴娇》这个曲调，在文字上的句法和韵位的安排，是怎样来和高亢的声情相结合的。根据这个曲调的其他作品，除掉上阕的“乱石穿空”一句，下阕的“遥想公瑾当年”和“故国神游”二句，句末是用的平声字，在全词的整体上发生一些“和谐”作用外，其余如“故垒西边，人道是三国周郎赤壁”二句，依律应读作“故垒西边人道是，三国周郎赤壁”；“羽扇纶巾谈笑间，强虏灰飞烟灭”二句，依别本应改作“羽扇纶巾谈笑处，樯橹灰飞烟灭”。像这许多句子组成的整体，句末一字用仄声的占了大多数；这在整个的音节上，是“拗怒”的成分远远超过了“和谐”的成分的。在每个句子中间的平仄安排，虽然像律诗的形式占大多数，而上、下阕的结句，如“一时多少豪杰”“一尊还酹江月”，末了四个字都是用的“平仄平仄”，“遥想公瑾当年”句用的“平仄平仄平平”，却又违反了律诗两平两仄相间的惯例，同样表现出“拗怒”的声情。加上全部的韵脚，如“物”“壁”“雪”“杰”“发”“灭”“发”“月”都是短促的入声，这样，在句法和韵位的安排上，显然构成了一个矛盾的统一体；而“拗怒”多于“和谐”。因了硬碰硬的地方特别多，迫使它的音响向上激射，再和许多短促的韵脚组成一个统一的整体；这样，恰好和本曲的高亢声情紧密结合，最适宜于表达激越豪壮一类的情感。苏轼这一首“赤壁怀古”词，很纯熟地掌握了这一曲调的基本法则，再把眼前的壮阔风景和过去的炽烈战斗情况紧密结合起来，把“小乔初嫁”的“儿女柔情”和“羽扇纶巾谈笑处，樯橹灰飞烟灭”的英雄气概紧密结合起来，把“江山如画，一时多少豪杰”的追怀往事和“人生如梦，一尊还酹江月”的悼惜自身紧密结合起来；这许多矛盾现象都得到了统一。所以把它当作“声情并茂”的激昂慷慨的杰作，是由多种因素构成；而主要的关键，则仍在善于掌握这个曲调的基本法则。因了高亢的音响，而使读者发生“天风海雨逼人”（陆游评苏词语）的感觉，这是值得深入体会的。

这《念奴娇》曲调，所以宜于表达激越豪壮一类的感情，是和它的句法上与韵位上的组成整体分割不开的。如果破坏或改变了它一部分的法则，它的整个声情，也就会跟着转化。例如姜夔作：

> 闹红一舸，记来时尝与鸳鸯为侣。三十六陂人未到，水佩风裳无数。翠叶吹凉，玉容销酒，更洒菰蒲雨。嫣然摇动，冷香飞上诗句。　　日暮，青盖亭亭，情人不见，争忍凌波去？只恐舞衣寒易落，愁入西风南浦。高柳垂阴，老鱼吹浪，留我花间住。田田多少，几回沙际归路。（《白石道人歌曲》卷三《念奴娇》）

你看他只改用了上、去声韵，便把整个的高亢音节都变了！像这性质相近的曲调，如《满江红》《贺新郎》等，把来表达激越豪壮一类的感情，也必得选用入声韵；否则就要变质。四声韵部，各有它的特点，把它选来作为韵脚，对于整个的感情变化，影响是异常重大的。

接着来谈辛弃疾所曾用过的《摸鱼儿》。为什么这个曲调适宜于表达悲郁沉咽一类的情感呢？这一曲调的来源，现在是无法查考了。我们只得把最早一首晁补之的作品，从它的声容态度上去体会它的整体法则，看它对句法和韵位的安排，有着一些什么特点。现把晁词抄在下面：

> 买陂塘，旋栽杨柳，依稀淮岸江浦。东皋嘉雨新痕涨，沙觜鹭来鸥聚。堪爱处，最好是一川夜月光流渚。无人独舞。任翠幄张天，柔茵藉地，酒尽未能去。　　青绫被，莫忆金闺故步。儒冠曾把身误。弓刀千骑成何事？荒了邵平瓜圃。君试觑，满青镜星星鬓影今如许！功名浪语。便似得班超，封侯万里，归计恐迟暮。（《摸鱼儿·东皋寓居》，见《晁氏琴趣外篇》）

我们先来看它的句子中的平仄安排。在开首的七个字就改用“逆入”的上三、下四句法，把重点放在第一个字上面。这一个字必得选用仄声，才会显得有力。晁词这个“买”字的上声，比起辛弃疾“更能消、几番风雨”的去声“更”字，就特别显出他的力量薄弱，比不上辛词的沉咽苍凉，有千回百折之感了。以下每个句子中间的平仄，除了“依稀淮岸江浦”“儒冠曾把身误”二句的第四字和“酒尽未能去”“归计恐迟暮”二句的第三字用的仄声略显一些“拗怒”外，其余的却都循着律诗的形式去做安排，一般是显得“和谐”的。但看它的整体的平仄安排，尤其是每个句子的末一字，除却“任翠幄张天”和“便似得班超”二句是用平收外，其余全是用的仄声字，就又可以体会到它的音节是“拗怒”比“和谐”的成分为多。再看它在换头的三字句后，接着连押两韵，又在上下阕的中腰，插上三句句句押韵而又长短相差很远的句子，在音节上显出一种低回掩抑的情态；接着用一个去声字顶上，领起下面两个四字句，一个五字拗句；加上全部押的上、去声韵，组成它那掩抑低回、欲吐还吞的一个整体。这对表达作者“抑塞磊落”的不平抱负，是很适宜的。明代声乐理论家王骥德曾经说过：“平声声尚含蓄，上声促而未舒，去声往而不返，入声则逼侧而调不得自转。”（《曲律》卷二《论平仄》）这虽是站在歌唱方面来说的话，可是把这性质不同的字声安排在韵位上，对整个作品的表情手法，也是关系非轻的。我们掉回头来，仔细玩味一下辛弃疾那篇“回肠荡气”的杰构，除掉“休去倚危栏”的“休”字，该用去声而改用了平声，使人感到不够有力外，它的词情和声情的结合，是比晁词要更完美得多。它那沉咽悲凉、欲吐还吞的无穷感慨，都恰如其量地表露出来了。

以下再来谈谈柳永的《八声甘州》，为什么这个曲调适宜于表达作者的苍凉凄壮一类的情感呢？据王灼说：“天宝乐曲皆以边地为名，若《凉州》《伊州》《甘州》之类。”又说：“《甘州》，世不见。今仙吕调有曲破，有八声慢，有令；而中吕调有《象甘州八声》，他宫调不见也。凡大曲，就本宫调制引、序、慢、近、令，盖度曲者常态。若《象甘州八声》，即是用其法于中吕调。此例甚广，伪蜀毛文锡有《甘州遍》，顾夐、李珣有《倒排甘州》，顾夐又有《甘州子》，皆不著宫调。”（《碧鸡漫志》卷三）现在流传的柳永《乐章集》就把《八声甘州》列在仙吕调内，那当然就是王灼所说的八声慢了。《甘州》本来是唐朝的大曲。大曲是有很多段，连歌带舞的。既然说“凡大曲，就本宫调制引、序、慢、近、令，盖度曲者常态”，那么，这《八声甘州》也就是就《甘州》大曲中的一段慢曲用来制作的新声了。《甘州》既是一套边塞曲，在《乐府诗集》卷八《近代曲辞》中留下了四句歌词："欲使传消息，空书意不任。寄君明月镜，偏照故人心。"揣摩这四句歌词的情调，这整个曲调的声情该是属于苍凉激楚一类的。毛文锡的两首《甘州遍》，前一首是写"裘马轻狂"的公子闲游情调，后一首则纯为边塞曲的本色："秋风紧，平碛雁行低。阵云齐。萧萧飒飒，边声四起，愁闻戍角与征鼙。青冢北，黑山西。沙飞聚散无定，往往路人迷。铁衣冷，战马血沾蹄。破蕃奚。凤皇诏下，步步蹑丹梯。"(《花间集》卷五)汤显祖给它的评语是："一种霸气，已开宋、元间九宫、三调门户。"(明刊汤评《花间集》)可见就《甘州》大曲制成的引、序、慢、近、令等杂曲，它的声情还是离不了激壮苍凉的边塞曲的本色的。

柳永这个《八声甘州》的慢曲，大概是因为它用了八个韵脚，所以在《甘州》曲调上加上"八声"两个字，它的音节一样是激壮苍凉的。我们再就它的句法和韵位上的安排做些分析，就可以进一步了解苏轼为什么会特别欣赏这"霜风凄紧，关河冷落，残照当楼"三个句子，认为"此语于诗句不减唐人高处"(赵令畤《侯鲭录》卷七)。刘体仁也把它比作"敕勒之歌"(《七颂堂词绎》)。这和作者善于掌握这个曲调的声情是有着绝大关系的。且看它一开首就用一个强有力的去声"对"字，领起"潇潇暮雨洒江天，一番洗清秋"两个七、五言句子，接着又用一个去声"渐"字，顶住上面两句，领起下面三个"波澜壮阔"的四言句子。后面"是处红衰翠减，苒苒物华休"，两句一韵一个转折；"惟有长江水，无语东流"，又是两句一韵一个转折。这前半阕的长短句法，只是参差错落的妥处安排，而在开首放上一个去声"对"字，就近领下两句，接着又放上一个去声"渐"字，作为上面两个参差句子、下面三个整齐句子的关纽，把它换一换气，使"对"字一直贯到"无语东流"为止，这声情是十分凄壮的。

换头“不忍登高临远”，用一个不押韵的句子拓开局势；紧接一个去声“望”字顶住上句，领起下面：“故乡渺邈，归思难收”两个四言句。这“望”字作为又一关纽，又和开首的“对”字取得呼应。下面又用一个去声“叹”字，顶住上文，转出“年来踪迹，何事苦淹留”一个四言、一个五言句子，又是一个错综变化，显得非常有力。接着又是一个上声“想”字，顶上两句，转出“佳人妆楼颙望，误几回天际识归舟”两个参差变化、摇曳生姿的句子来，而在两句中间又加上一个去声“误”字，作为换气的环节。再折进一层，用“争知我”三个字一面承上，一面领下“倚阑干处，正恁凝愁”两个四言句，关合情景，做成总结。这“倚阑干处”四字句必须用“仄平平仄”的一、二、一的句法，即中间两字要连成一气，如：“阑干”两字是不可分割开来读的。这样，才和上面“争知我”三字、下面“正恁凝愁”四字联系得十分紧凑，显出一种激楚苍凉的音节，构成一个错综变化的统一体。这个曲调的艺术特征，主要在它的句法变化，而且在重要环节放上许多有力的去声字，使在换气时显得格外有力。再在押韵方面，它选用了“尤侯”一类适于表达幽郁情感的平声韵，因之它能做到激楚苍凉，使读者发生强烈的同感。后来吴文英把这个曲调作为登临怀古的歌词，也是一首掌握声情颇为恰当的佳构。此歌词曰：“渺空烟四远，是何年青天坠长星？幻苍崖云树，名娃金屋，残霸宫城。箭径酸风射眼，腻水染花腥。时靸双鸳响，廊叶秋声。　　宫里吴王沉醉，倩五湖倦客，独钓醒醒。问苍波无语，华发奈山青。水涵空、阑干高处，送乱鸦斜日落渔汀。连呼酒、上琴台去，秋与云平。”（《梦窗词集·灵岩陪庾幕诸公游》）

这吴词除起句句读有了变化，“水涵空”三字在转接处比不上柳词有力外，整个技法，都是掌握得很好的。

我觉得要谈整个长短句歌词的艺术特征，除掉在每个曲调的音节态度上去探求，除掉在句法和韵位的整体结合上去探求，是很难把“上不似诗，下不类曲”的界线划分清楚的。读者对词的欣赏和学习，除掉应该注意每个作品的内容实质即所含蕴的思想感情外，如果不了解各个曲调的组成规律，那也就会是“隔靴搔痒”，很难进一步体会到它的“弦外之音”“味外之味”的。随手写出我的一些粗浅意见，提供一般爱好读词者的参考。如果要深入探究，那么，还得从多种曲调上去做综合的研讨，找出它的一般规律来；也可以作为我们创作新体歌词的借鉴。我这里只是略引端绪而已！

最后，我要介绍夏承焘先生两篇异常精密的论文：一篇是《词韵约例》，一篇是《唐宋词字声之演变》，都收在他的《唐宋词论丛》（上海古典文学出版社出版）里。这对研究词的艺术特征，是有很大帮助的。

第十二章

宋词发展的几个阶段

一、宋词的先导

长短句歌词发展到了宋代，可说是“登峰造极”，在中国文学史上占有特殊地位。这个音乐语言和文学语言紧密结合的特种诗歌形式，就它的音乐关系来说，原来叫作“曲子”或“杂曲子”（例如敦煌发现的《云谣集杂曲子》、柳永《乐章集》后附的《续添曲子》），又叫“今曲子”或“今体慢曲子”（并见王灼《碧鸡漫志》卷一、五），这都表明，词原是在唐、宋以来新兴曲调的基础上逐步发展起来的。就它的文学组织来说，原来叫作“曲子词”（见《花间集》欧阳炯序）或“长短句”（见《碧鸡漫志》卷二），这又表明，词是经过严格的音乐陶冶，从五、七言近体诗的形式，错综变化构成的。据崔令钦《教坊记》所载教坊曲名有二百七十八调之多，另附四十六大曲。这些曲调，都是唐明皇（李隆基）开元年间西京（长安）左右教坊诸妓女所常肄习的。其中如《夜半乐》《清平乐》《杨柳枝》《浣溪沙》《浪淘沙》《望江南》《乌夜啼》《摘得新》《河渎神》《二郎神》《思帝乡》《归国遥》《感皇恩》《定风波》《木兰花》《菩萨蛮》《八拍蛮》《临江仙》《虞美人》《遐方怨》《凤归云》《绿头鸭》《下水船》《定西蕃》《荷叶杯》《长相思》《西江月》《拜新月》《上行杯》《鹊踏枝》《曲玉管》《倾杯乐》《谒金门》《巫山一段云》《相见欢》《苏幕遮》《诉衷情》

《洞仙歌》《梦江南》《醉公子》《拂霓裳》《兰陵王》《南歌子》《风流子》《生查子》《天仙子》《酒泉子》《破阵子》《摸鱼子》《南乡子》等，在晚唐、五代、宋人词中，还是不断使用。晚近敦煌发现的唐人写本《琵琶谱》，也保存了《倾杯乐》《西江月》《心事子》《伊州》《水鼓子》《胡相问》《长沙女引》《撒金砂》等曲。这八个曲调，都是《教坊记》中所有，只《水鼓子》作《水沽子》，《长沙女引》作《长命女》，大概由于传写的讹误。既然这些曲子，在开元时就已产生，为什么依照这些曲子的节拍来填的歌词，很难见到开元诗人的作品，连李白的《菩萨蛮》也多数认为靠不住呢？据《云谣集杂曲子》(《彊村遗书》本)所载三十首词中，共用《凤归云》《天仙子》《竹枝子》《洞仙歌》《破阵子》《浣沙溪》《柳青娘》《倾杯乐》《内家娇》《拜新月》《抛球乐》《渔歌子》《喜秋天》等十三个曲调；除《内家娇》外，也都是《教坊记》中所已有的；只《浣沙溪》作《浣溪沙》、《渔歌子》作《鱼歌子》，小有出入而已。这些无名作家的作品，据我个人二十年前的推测（见1933年《词学季刊》创刊号拙撰《词体之演进》)，以及近年任二北先生的考证（详见任著《敦煌曲初探》)，认为有很多是出于开元前后的。这些作品，使用同一曲调，而句度长短，常有很大的出入；这证明倚声填词，要文字和曲调配合得非常适当，必须经过长期的多数作家的尝试，才能逐渐做到，而且非文士与乐家合作不可。这种尝试精神，不能寄希望于缺乏群众观念的成名诗家，而且运用五、七言近体诗的平仄安排，变整齐为长短参差的句法，也非经过相当长期诗人和乐家的合作，将每一曲调都搞出一个标准格式来，是很难顺利发展的。由于无名作家的尝试，引起诗人们的好奇心，逐渐改变观念，努力促进长短句歌词的发展，这不得不归功于肯“依《忆江南》曲拍为句”(《四部丛刊》本《刘梦得外集》卷四）的刘禹锡、白居易；而

“能逐弦吹之音，为侧艳之词”(《旧唐书》卷一百九十下）的温庭筠却因“士行尘杂，狂游狭邪”，放下了士大夫的架子，来搞这个长短句歌词的创作，奠定了这新兴歌曲在中国文学史上的特殊地位，这是值得我们特予赞扬的。

这倚声填词的风气，刚由温庭筠一手打开，接着遭到唐末、五代的乱离，教坊妓乐当然免不了四方逃散。因了南唐、西蜀比较有了相当长期的安定，声色歌舞也就跟着都市的繁荣而昌盛起来。韦庄挟歌词种子以移植于成都，遂开西蜀词风之盛。《花间集》的结集，显示令词的发荣滋长；虽因温氏作风偏于香软（见孙光宪《北梦琐言》），导致多数作家缺乏思想性；而韦氏的白描手法，启发了欧阳炯、李珣二家对南方风土人情的描绘，开了后来作家的另一法门。南唐李氏父子（中主璟、后主煜）保有江南，留心文艺，尤其是李煜，因了皇后周氏善歌舞，尤工琵琶（陆游《南唐书》卷十六），对歌词的创作，特感兴趣。同时宰相冯延巳在这个歌舞升平的小朝廷中，也常是趁着朋僚亲旧在宴会娱乐的时候，随手写些新的歌词，交给歌女们配着管弦去唱（四印斋本《阳春集》陈世修序）。这样朝野上下，相率成风，把短调小词的艺术形式提高，和西蜀的“花间”词派遥遥相对。这两股洪流，由于赵匡胤先后消灭了西蜀、南唐的分割局面，随着政局的统一而汇合于汴梁（北宋首都开封）；复经几许曲折，酿成宋词的不断发展，呈现“百花齐放”的伟观。这从开元教坊杂曲开始胎孕的歌词种子，经过几百年的发荣滋长，以及无数诗人与乐家的合作经营，才能在中国诗歌史上开辟这样一大块光辉灿烂的园地，使得古今多少英雄豪杰、志士仁人都要驰骋于其中，借以发抒他们的“奇情壮采”，至今一绝；这一发展过程，也是相当复杂的，值得吾人追溯一下的。

二、宋初令词的继续发展和慢曲长调的勃兴

我们了解了短调小令，在晚唐、五代的不断进展中，许多曲调都经过了诗人们的更迭实践而有了定型。作者只须照着它的句度长短、声韵平仄，逐一填上新词，就可能按谱歌唱；因而不必每个作者都得精通乐律，和温庭筠一样"逐弦吹之音"，这样只把它当作"句读不葺"的新体律诗去写，只管在艺术上不断提高。而且在晚唐、五代时，由于有些作家给过启示，像这类本来是给歌女们配上管弦借以取乐的玩意儿，也可以借来发抒个人的抱负和所有身世之感，它的感染力，较之过去各种诗歌形式，是"有过之，无不及"的。例如唐昭宗（李晔）被逼在华州登上齐云楼，写了两首《菩萨蛮》，一首是："登楼遥望秦宫殿，茫茫只见双飞燕。渭水一条流，千山与万丘。　野烟生碧树，陌上行人去。安得有英雄，迎归大内中！"一首是："飘摇且在三峰下，秋风往往堪沾洒。肠断忆仙宫，朦胧烟雾中。　思梦时时睡，不语长如醉。早晚是归期，穹苍知不知？"（《碧鸡漫志》卷二引）像这样穷途末路的可怜皇帝的哀鸣，在当时，很多人还是会寄予同情的，所以在敦煌发现的唐人写本杂曲词中，也有这个作品。至于李煜亡国以后，在"此间终日以眼泪洗面"的俘囚生活中写下了许多"以血泪凝成"的《浪淘沙》《虞美人》《相见欢》等作品，也就是王国维所称"词至李后主而眼界始大，感慨遂深"（《人间词话》卷上）；它给作家们的启示，是更加重大的。北宋词家，由于这些启示，感觉到这个出于里巷歌谣的新兴诗体，一样适于"缘情造端，兴于微言，以相感动，极命风谣里巷、男女哀乐，以道贤人君子幽约怨悱不能自言之情，低回要眇，以喻其致"（张惠言《词选》目录序）。于是许多政治家和文学家如寇准、范仲淹、晏殊、欧阳修、王

安石等，都或多或少地对这个长短句歌词有所“染指”。这些作家的作品，虽也各有不同风格，一般说来，都是直接南唐系统，从李煜、冯延巳的基础上发展起来的。晏殊、欧阳修和王安石都是江西人。江西原来就是南唐疆域，中主李璟还曾迁都洪州（南昌），必然会把歌词种子散播于江西境内。和欧阳修同时的刘攽早就说过：“元献（晏殊）尤喜冯延巳歌词，其所自作，亦不减延巳。”（《贡父诗话》）清人刘熙载又说：“冯延巳词，晏同叔（殊）得其俊，欧阳永叔（修）得其深。”（《艺概》卷四）这都说明晏殊、欧阳修两大作家的词，都是直接南唐系统，和地域关系有重大影响的。王安石也曾问过黄庭坚：“作小词，曾看李后主词否？”（《苕溪渔隐丛话》前集卷五十九引《雪浪斋日记》）李后主的词是“言之有物”的。这对于有伟大政治抱负的范仲淹、王安石给了很大的启示，因而产生范氏《苏幕遮》《渔家傲》、王氏《桂枝香》这一类沉雄激壮的好词，开辟了苏、辛豪放派的大路，这一点是应该特别指出的。

我在前面已经说过，词是在唐、宋以来新兴曲调的基础上逐渐发展起来的。所以我们要了解北宋词特别兴盛的原因，除了上面所说的南唐影响外，还得注意那时的音乐发展情况。据《宋史》卷一百四十二《乐志》十七，提到燕乐，推本于唐“以张文收所制歌名燕乐，而被之管弦，厥后至坐部伎琵琶曲，盛流于时，匪直汉氏上林乐府、缦乐不应经法而已”。这说明唐以来音乐界情况，是几乎全部被龟兹人苏只婆传来的琵琶曲所笼罩；而倚曲填词的发展，也是和这些琵琶曲调的传播分不开的。《乐志》又说：“宋初循旧制，置教坊，凡四部。其后平荆南，得乐工三十二人；平西川，得一百三十九人；平江南，得十六人；平太原，得十九人；余藩臣所贡者八十三人；又太宗藩邸有七十一人；由是四方执艺之精者皆在籍中。”这来自各方的乐工，都被安排在教坊里面；于是久经离析的唐教坊旧曲又渐渐被整理出来，作为新朝音乐的发展基础。我们且看北宋教坊所奏十八调、四十六曲，其中如《万年欢》《剑器》《薄媚》《伊州》《清平乐》《胡渭州》《绿腰》等，也都是开元教坊流传下来的旧曲。这四十六曲中除龟兹部《宇宙清》《感皇恩》所用的乐器以觱栗为主外，其余都是以琵琶为主的歌曲。在“队舞”的“女弟子队”中，开首就是“菩萨蛮队”。这一切，都说明北宋时代的音乐，都是从唐开元教坊旧曲的基础上发展起来的。《乐志》也曾提到：“宋初置教坊，得江南乐，已汰其坐部不用。自后因旧曲创新声，转加流丽。”又说：“太宗（赵炅）洞晓音律，前后亲制大、小曲及因旧曲创新声者，总三百九十。”又说：“仁宗（赵祯），洞晓音律，每禁中度曲，以赐教坊，或命教坊使撰进，凡五十四曲。”单是这两个皇帝就创作了这许多新曲，加上教坊所保存的旧曲，以及无数乐工“因旧曲创新声”的歌曲，这数目该是大得惊人的。由于音乐歌曲的繁荣，因之适应这些新兴曲调而创作的歌词，也就应运而起，斗靡争妍。加上赵匡胤在开国之初，自己觉得他的皇位是从“孤儿寡妇”的手中窃取得来的，怕他的“佐命功臣”将来也“如法炮制”，因而借着杯酒解除了那批大将的兵权，而劝他们“及时行乐”；这样间接鼓舞了满朝文武，留连于声色歌舞的场所；不但“淫坊酒肆”可以尽情度着“浅斟低唱”的生活，一般贵游子弟乃至士大夫家也差不多都要养几个“舞鬟”，教些歌曲，作为“娱宾遣兴”的主要条件。还有地方官吏，送往迎来，都有歌伎奉承，几乎成了惯例。由于这种种关系，文人和歌女接触的机会太多了，许多歌曲的节奏也听惯了；而且短调小令，经过无数作家的实践，对句度声韵的安排，也早有了定型，在旧的基础上逐步提高，不论在风格上、艺术上，令词发展到了北宋前期诸作家，如晏殊、欧阳修、晏几道等，真可说得上“登峰造极”。这三人中尤以晏几道为最突出。他是晏殊的第七子。尽管生长在宰相的家庭中，却对那些趋炎附势的人看不顺眼。黄庭坚说他“磊隗权奇，疏于顾忌”，又说他有四痴：“仕宦连蹇，而不能一傍贵人之门，是一痴也；论文自有体，不肯一作新进士语，此又一痴也；费资千百万，家人寒饥，而面有孺子之色，此又一痴也；人百负之而不恨，己信人，终不疑其欺己，此又一痴也。”（《豫章黄先生文集》卷十六《小山集序》）像他这样充满矛盾的生活，迫使他一意向文学方面发展，用歌词来排遣他那愤世嫉俗的心情，因而影响他的词的风格的提高。连道学先生程颐听人念起他的名句：“梦魂惯得无拘检，又踏杨花过谢桥。”也不免要赞叹一声：“鬼语也！”（《邵氏闻见后录》卷十九）这可见黄庭坚赞美他的词：“可谓狎邪之大雅，豪士之鼓吹，其合者‘高唐’‘洛神’之流，其下者岂减‘桃叶’‘团扇’哉?”又说他“乃独嬉弄于乐府之余，而寓以诗人之句法，清壮顿挫，能动摇人心”（《小山集序》）。这些话都是异常“中肯”的。几道自己也说过：“叔原往者浮沉酒中，病世之歌词，不足以析酲解愠，试续南部诸贤绪余，作五、七字语，期以自娱；不独叙其所怀，兼写一时杯酒间闻见所同游者意中事。”（《小山词》自序）他对黄庭坚说：“我槃跚勃窣，犹获罪于诸公；愤而吐之，是唾人面也。”（《小山集序》）两相对照一下，他的“使酒玩世”，是有“满肚皮不合时宜”的。他又叙述他的填词动机：“始时沈十二廉叔、陈十君龙家有莲、鸿、苹、云（四个歌女）品清讴娱客，每得一解，即以草授诸儿；吾三人持酒听之，为一笑乐而已！”（《小山词》自序）他又把这些作品叫作“狂篇醉句”，可见其中也是“言之有物”的。这里面所记“悲欢离合之事”，我们现在很难给以确切的证明；但在整个《小山词》中，他那高贵的品质，深厚的感情，以及高超的艺术手腕，却使人荡气回肠，挹之无尽。在令词发展史上，李煜和晏几道是两位最杰出的作家；而晏几道把令词推向顶点，尤其是值得读者深入寻味的。

北宋统一中国之后，虽然辽与西夏还常给赵氏朝廷以不断威胁，但一般说来，经过几十年的休养生息，到了仁宗时，社会经济是渐渐繁荣起来了。因了汴京的繁庶，以及教坊新曲的盛行，于是从唐以来就已有了的"今体慢曲子"，由于普遍社会娱乐的需要，也就渐渐为士大夫所注意，而开始替这些慢曲长调创作新词了。张先、柳永在这方面做了开路先锋。陈师道说："张子野（先）老于杭，多为官伎作词。"(《后山诗话》) 叶梦得说："柳永为举子时，多游狭邪，善为歌辞。教坊乐工每得新腔，必求永为辞，始行于世。"又说："永亦善为他文辞，而偶先以是得名，始悔为己累。余仕丹徒，尝见一西夏归朝官云：'凡有井水饮处，即能歌柳词。'言其传之广也。"(《避暑录话》卷三）从张、柳两人这些填词经历，我们可以了解，"今体慢曲子"虽然和小令短调一样，早在开元以来就有了，但必须等到三百年以后的仁宗朝才大大发展起来，是有它的特殊原因的。我在前面已经说过，一般有了声望的文人，对于流行民间的新兴曲子，是不敢轻易接受的。运用五、七言今体诗的声韵组织，把它解放开来，适应一些新兴曲调，又非得着诗人与乐家的密切合作不可。我们只要仔细想想，柳永尚且把替教坊乐工代作歌辞"悔为己累"，这长调慢词所以迟迟发展的症结，就可以"迎刃而解"了。由近体律、绝的声韵安排、错综变化，以创立长短句歌词的短调小令，经过温庭筠的大量创作，还得有西蜀、南唐比较长时期安定局面的培养，才能够充分发扬；那变化更多、声韵组织更加复杂的慢曲长调，就更非经过长时期无数无名作家的尝试酝酿，而且有突出的富于文学修养的诗人，放下士大夫的架子，和乐工歌女们取得密切合作，是断乎不容易开辟这一广大园地的。恰巧张先、柳永挺身而出，担当了这一重任，为这一音乐语言和文学语言紧密结合的特种诗歌形式，留给天才作家作为发抒奇情壮采的一大广场；张、柳开创的伟绩丰功，是不容湮没的。

三、柳永、苏轼间的矛盾和北宋词坛的斗争

柳永的辈分，是早于苏轼的。在苏轼“横放杰出”的词风取得广大读者拥护之前，整个的北宋词坛，几乎全为柳永所笼罩。因为他的作品，很多是专为迎合一般小市民心理来写的；而且他所采用的语言也很接近群众，再和教坊时新曲调配合起来，给歌女们随地唱出，就自然会受到广大听众的热烈欢迎。在《乐章集》中，这一部分作品，有些是近于猥亵，不免低级趣味的；这是被一般文人雅士所共唾弃的一面。至于他那“羁旅穷愁之词”，虽然是写的个人遭遇，而纵横排荡，天才横溢；抒情写景，开辟了许多独特的境界。连看不起他的苏轼，读到《八声甘州》的警句：“渐霜风凄紧，关河冷落，残照当楼”，也不免要点点头，赞一声：“此语于诗句不减唐人高处！”（《侯鲭录》卷七）我觉得柳永的特殊贡献，还在他所写的慢词长调，体会了唱曲换气的精神，在许多转折地方，安排一些强有力的单字，用来承上转下，作成许多关纽，把整个作品，像珠子一般连贯起来，使人感觉它在“潜气内转”，“摇曳生姿”。这一套法宝，该是从魏、晋间骈文得着启示，把它运用到体势开拓的长调慢词上来，使这个特种诗歌形式，由于音乐的陶冶，赋予了生命力，而筋摇骨转，竟体空灵，曲折宕开，恰与人们起伏变化的感情相应。若不是柳永对文学有深厚的修养，和对音乐有深刻的体会，并把两者结合起

来，是万万做不到的。我们只要从他的代表作《八声甘州》里面所用的“对”“渐”“望”“叹”等字，以及许多错综变化的句法，加以深入的体会，就不难理解他那高超的艺术手腕，是怎样富于音乐性，而长调慢词的发展，对抒情诗是有怎样的重要了。

柳永既然在词的领域内，有了这样的开辟之功，正好供给天才作家以纵横驰骋的广大园地，那么，为什么苏轼在这方面会和他发生矛盾，甚至告诫他的门下，要和柳永展开剧烈的斗争呢？据俞文豹《吹剑录》云：

> 东坡在玉堂日，有幕士善歌，因问：“我词何如柳七？”对曰：“柳郎中词，只合十七八女郎，执红牙板，歌‘杨柳岸，晓风残月’。学士词，须关西大汉，铜琵琶，铁绰板，唱‘大江东去’。”东坡为之绝倒。

这虽是一个带有滑稽意味的笑话，但这两家的风格，确也是迥然不同的。苏轼还曾对他的得意门生秦观说过：“不意别后，公却学柳七作词！”（《高斋诗话》）这都表现柳、苏间的重大矛盾和两派的剧烈斗争。这个主要原因，还在当时一般士大夫对这个新兴歌词的看法，可能阻碍“偶尔作歌，指出向上一路，新天下耳目”（《碧鸡漫志》卷二）的豪放词派的发展，所以像他本人那样的浩荡襟怀，还得和柳永的流派展开无情的斗争，因为不这样，是很难在柳派的势力下，把词的内容向前推进一步的。这消息，只要看当时最崇拜苏氏的文人，如陈师道，还要这样说：“子瞻以诗为词，如教坊雷大使之舞，虽极天下之工，要非本色。今代词手，惟秦七、黄九耳！”（《后山诗话》）还有他的门下士晁补之、张耒也和陈师道一样的见解，只把秦观的词当作正宗，因而有“少游诗似小词、先生（苏轼）小词似诗”(《苕溪渔隐丛话》前集卷四十二引《王直方诗话》) 的说法。这个传统的狭隘思想，认定香弱一格的词才算是当行出色，是在“花间”派以至柳词盛行的影响下自然产生的。为了打开另一局面，解除这特种诗歌形式上一些不必要的“清规戒律”，好来为英雄豪杰服务，那么，这个“深中人心”的“要非本色”的狭隘成见，就好像一块阻碍前进的“绊脚石”，非把它首先扳掉不可。苏轼立意要打开这条大路，凭着他那“横放杰出”的天才，“虽嬉笑怒骂之辞，皆可书而诵之”(《宋史》卷三三八《苏轼传》)。因而“以文章余事作诗，溢而作词曲，高处出神入天，平处尚临镜笑春，不顾侪辈”(《碧鸡漫志》卷二)。他自己的作品，果如胡寅所称:“一洗绮罗香泽之态，摆脱绸缪宛转之度，使人登高望远，举首高歌，而逸怀浩气，超然乎尘垢之外；于是‘花间’为皂隶，而柳氏为舆台。”(《酒边词序》) 他索性不顾一切的非议，只是“满心而发，肆口而成”，作他那“句读不葺”的新体律诗。说他“以诗为词”也好，说他“小词似诗”也好，他只管大张旗鼓来和拥有群众的柳词划清界线，终于获得知识分子的拥护，跟着他所指引的道路向前努力。于是这个所谓“诗人之词”，不妨脱离音乐的母胎而卓然有以自树。这个别开天地的英雄手段，也就只有苏轼这个天才作家才能做得那么好。

四、北宋词坛的两个流派

一般说来，在长短句歌词的发展史上，柳永和苏轼，虽然站在敌对矛盾的两方面，但从两个不同角度去看，也就各有各的开创之功。后人把它分作豪放、婉约两派，虽不十分恰当，但从大体上看，也是颇有道理的。这两派分流的重要关键，还是在歌唱方面的成分为多。所谓“十七八女郎，执红牙板”，袅袅婷婷去歌唱的作品，自然以偏于软性的为最适宜。所以在“苏门四学士”中，只有秦观的《淮海词》，最被当时词坛所推重。叶梦得说：“秦观少游亦善为乐府，语工而入律，知乐者谓之作家歌。元丰间，盛行于淮、楚。”（《避暑录话》卷三）又说：苏轼对秦观的词“犹以气格为病”。这恰恰说明一般适宜入歌的词，是和文人自抒怀抱的词，有着相当距离的。陈师道推“秦七、黄九”为“今代词手”，也因两家集子里都有不少运用方言俚语、专为应歌而作的东西。从两家的整个风格来看，秦词有些确是受过柳七影响，偏于软美一路；但在南迁以后的作品，则多凄厉之音，格高韵胜，确实不愧为一个“当行出色”的大作家，上比柳永，下较周邦彦，不但没有逊色，而且有他的独到之处。《淮海词》一向被读者所推重，不是没有理由的。黄庭坚的《山谷词》，除掉那些应歌之作以外，大体都是沿着苏轼的道路向前进展。他的风格，也和他的诗一样，以生新瘦硬见长，使读者像吃橄榄一般，细细咀嚼，才会感到“舌本回甘”的滋味。晁补之和黄庭坚同在苏门，他的词也是沿着苏轼的道路走的。他曾批评过苏、黄两氏的作品，说“居士（轼）词横放杰出，自是曲子中缚不住者。黄鲁直（庭坚）间作小词固高妙，然不是当行家语，自是著腔子唱好诗”（《能改斋漫录》卷十六）。看他言外之意，好像对苏、黄都不十分满意，实则他直接受了这两位师友的熏染，也可说是苏词的嫡系。把晁氏当作由苏轼过渡到辛弃疾的桥梁，是很合适的。因了北宋后期对于元祐党人的排斥，苏轼一派词风，在南方受了一定程度的阻碍，几经曲折，将种子移植于北方，从而产生金词的“吴（激）蔡（松年）体”。直到南渡以后，这种子又由辛弃疾带回南方，创立一派“豪杰之词”。这一股巨流，是由苏轼疏浚出来的。

柳七一派，虽经苏轼的剧烈斗争，但因它在广大人民中打下了深厚基础，所以它的影响，依然根深蒂固，不易消灭。如上所说，苏门秦学士且不免有所沾染。据王灼说，还有“沈公述、李景元、孔方平、处度叔侄、晁次膺、万俟雅言（咏）、田不伐（为）、曹元宠（组）等，源流皆从柳氏来”（《碧鸡漫志》卷二）。这些人的作品，有的在“长短句中作滑稽无赖语”，受到当时市民阶层的欢迎，但不登“大雅之堂”，很快也就湮没了。柳永以后，只有贺铸、周邦彦两家，在长调慢词方面，有了进一步的发展。贺氏辈分，约与黄、秦相等。黄庭坚最爱贺作《青玉案》词中“梅子黄时雨”的警句，尝有“解道江南断肠句，世间惟有贺方回”的表扬。张耒替他作《东山词序》，推崇他的作品，“盛丽如游金、张之堂，而妖冶如揽嫱、施之袪，幽洁如屈、宋，悲壮如苏、李”。这些话，也不尽是溢美之辞。依我个人的看法，贺氏在词界的最大贡献，除了小令另有独创，仿佛南朝乐府风味外，他的长调也有很多笔力奇横的作品，可以作为辛弃疾的前导。尤其是他那《六州歌头》和《水调歌头》，句句押韵，平仄互协，增加了这两个曲调的声情激壮之美，打开了金、元北曲的先路，是值得特为指出的。

周邦彦是北宋词坛的殿军，也有人推他为“集大成”的作者（周济《宋四家词选序论》）。他的词是从柳永的基础上向前发展的。从音乐和艺术的角度来看，他的地位是超过柳永的。他有很深厚的文学基础，兼“好音乐，能自度曲”（《宋史》卷四百四十四《文苑传》）。在徽宗（赵佶）崇宁年间，仿照汉武帝建立“乐府”的遗意，设置“大晟府”，作为整理、创作音乐曲调的最高机关。邦彦做了这“大晟府”的提举官，和万俟咏、田为一道工作（《碧鸡漫志》卷二）。

张炎曾经说起：他们在“大晟府”时做过“讨论古音、审定古调”的工作，“又复增演慢曲、引、近，或移宫换羽，为三犯、四犯之曲，按月律为之，其曲遂繁”(《词源》卷下)。这个正式音乐机关，虽然没有很长的历史，但由于徽宗皇帝的重视，“大晟府”所搜集的乐谱资料，必然是异常丰富的。周邦彦和万俟咏、田为等在这里面工作，所看到的隋、唐旧谱一定很多。例如《兰陵王》慢曲本来是北齐高长恭的《兰陵王入阵曲》，而现存《清真集》中有《兰陵王》咏柳词。据王灼说：“今越调《兰陵王》，凡三段，二十四拍；或曰遗声也。此曲声犯正宫，管色用大凡字、大一字、勾字，故亦名大犯。”(《碧鸡漫志》卷四)周词就是用的这个《越调·兰陵王》的遗声。据毛幵说：“绍兴初，都下盛行周清真咏柳《兰陵王慢》，西楼南瓦皆歌之，谓之《渭城三叠》。以周词凡三换头，至末段声尤激越，惟教坊老笛师能倚之以节歌者。其谱传自赵忠简(鼎)家。忠简于建炎丁未(1127)九日南渡，泊舟仪真江口，遇宣和大晟乐府协律郎某，叩获九重故谱，因令家伎习之，遂流传于外。”(《樵隐笔录》)把这王、毛两人的话联系起来看，可见“末段声尤激越”的《兰陵王》，确是《入阵曲》的遗声。更进一步去看《清真集》中所有长调慢词，确如王国维所说：“读先生之词，于文字之外，须更味其音律。今其声虽亡，读其词者，犹觉拗怒之中，自饶和婉，曼声促节，繁会相宣，清浊抑扬，辘轳交往。”(《清真先生遗事》)长短句慢词发展到了周邦彦，才算到了音乐语言和文学语言紧密结合的最高艺术形式。从艺术角度去看他的全部作品，确能做到“浑化”(周济《宋四家词选序论》)的境界。由于它的音乐性特别强烈，一直为歌女们所爱唱；直到宋亡以后，还有杭妓沈梅娇会唱他的《意难忘》《台城路》两首歌曲(张炎：《山中白云》国香词小序)。他在文学上及音乐上的影响之大，也就可想而知了。

五、南宋词风的转变和苏辛词派的确立

词在形式上的发展，到了周邦彦，已是“登峰造极”。这个高度艺术，恰巧随着北宋皇朝的崩溃而消沉下来。由于金人的南侵，汴京沦陷，所有歌舞人等也都四散奔逃，于是入乐的词，受到环境的影响，渐渐不被作者所重视。所有爱国志士于流离转徙之余，偶然“悲从中来”，借着填词来发抒“身世之感”，不期然而趋向苏轼一路。由于各个作者的爱国思想和激越感情，倾注于这个“句读不葺”的新体律诗中，把这个高度艺术形式注入了许多新血液，于是这个本来是附属于音乐的特种诗歌形式，不妨脱离音乐而自有其充分的感人力量。有如岳飞的《满江红》和张孝祥的《六州歌头》，都充分表现了作者的爱国主义精神和激壮苍凉的民族英雄气概。就是许多南渡诗人于作诗之余，也写些长短句，有如陈与义的《无住词》、叶梦得的《石林词》、朱敦儒的《樵歌》、张元幹的《芦川词》、向子諲的《酒边词》、陆游的《放翁词》，都是倾向于苏轼所指引的道路，在南渡初期自成系统的。只有女词人李清照目空一切，对过去作家除南唐二主及冯延巳外，都表示不满。她说：柳永“虽协音律，而词语尘下”；张先等“虽时时有妙语，而破碎何足名家”；晏殊、欧阳修、苏轼“学际天人，作为小歌词，直如酌蠡水于大海，然皆句读不葺之诗尔”。她对词别有一种看法，认为“别是一家，知之者少”。她比较地推重晏几道、贺铸、秦观、黄庭坚，说这四家是懂得怎样填词的；但一面又指出他们的缺点：“晏苦无铺叙、贺苦少典重；秦即专主情致而少故实，譬如贫家美女，虽极妍丽丰逸，而终乏富贵态；黄

即尚故实而多疵病，譬如良玉有瑕，价自减半。”（以上皆见《苕溪渔隐丛话》后集卷三十三）她这样严格地要求古人，究竟她自己的成就怎样？我们读了她的《漱玉词》，确实不愧为“当行本色”（沈谦《填词杂说》）的作家。清照和后起的辛弃疾都是济南人，在词的成就上各有各的特点。清代诗人王士祯谈到词的两大宗派说：“婉约以易安（李）为宗，豪放惟幼安（辛）称首。”（《花草蒙拾》）清照也曾饱经丧乱流离的苦痛，她却不肯在填词方面破坏她自己所定的约束，故作壮音。她只就寻常言语度入音律，随手拈来，自然超妙。这在南宋初期诸作家中，是具有独特风格的。她这种“本色”语，也曾影响辛弃疾的晚年作品，不过两人的身世环境不同，笔调究难一致罢了。

苏轼“横放杰出”的作风，恰宜发抒英雄豪杰的热情伟抱。这一启示，由他的门徒黄庭坚、晁补之分途发展，以开南宋初期作家的风气；直到辛弃疾，进一步把局面打开，这样才奠定了词在中国文学史上不可动摇的地位。刘辰翁说得好：“词至东坡，倾荡磊落，如诗、如文、如天地奇观，岂与群儿雌声学语较工拙？然犹未至用经、用史，牵雅、颂入郑、卫也。在稼轩前，用一语如此者，必且掩口。及稼轩横竖烂熳，乃知禅宗棒喝，头头皆是。”（《须溪集·辛稼轩词序》）由于辛弃疾是一个有肝胆、有魄力而一意以恢复中原自任的爱国男儿，他那火一般的爱国热情，贯穿在他一生的言论行动中，贯穿在他的所有文学作品中；他只把长短句歌词形式作为他发泄“不平之鸣”的工具，他打破了一切顾虑，只管写他的“豪杰之词”。这样充满着热力的作品，所以能够做到“大声镗鞳，小声铿訇，横绝六合，扫空万古”（刘克庄《后村大全集》卷九十八《辛稼轩集序》）的境界。苏辛词派的确立，是词学发展史上的一件大事。这个经历长期音乐陶冶而成的词体，到了辛弃疾，才算充分赋予了生命力而放射出异样光芒来。和他同时的陈亮、刘过以及南宋末年的刘克庄、刘辰翁等都是向往辛氏，作风相近，而才力是万万不相及的。

六、姜夔的自度曲和南宋后期的词风

南宋偏安局定以后，首都临安拥有湖山之美，声色歌舞，保持了一个相当时期的升平气象。这时除了一部分慷慨激昂的爱国之士，借着长短句来写他们的壮烈抱负外，一般文人仍然特别重视柳、周一派的音乐性和艺术性，想在这一方面做进一步的发展；虽然成就不够大，但也不容一笔抹杀。在这一派里面，最富于创造性的杰出作家，自然要推姜夔。

姜夔是一个精通音乐的诗人兼艺术（书法）家。他不曾做过官，生活圈子是很狭窄的。他的诗继承了江西诗派的传统，而又改变了面目，实践了他的“意格欲高，句法欲响”（《白石诗说》）的理论。夏承焘教授说他“把江西派的内在美（神味）和它的创格铸辞法融入新体文学的词里来”，所以能够别开一派，“和苏辛、柳周两派鼎足而三”（夏承焘《论姜夔词》，见《文学研究》1957 年第 1 期）。这对姜词的评价，是相当正确的。因为他是一个音乐家，不甘于沿用旧曲填词，从而打开“自度曲”的一条新路。他曾说：“予颇喜自制曲，初率意为长短句，然后协以律，故前后阕多不同。”（《白石道人歌曲》卷四《长亭怨慢》小序）像这样的创造精神，确实又把慢词的表现技法大大地推进了一步。我们只要一读他的《长亭怨慢》：“阅人多矣！谁得似长亭树？树若有情时，不会得青青如此！”以及《扬州慢》：“自胡马窥江去后，废池乔木，犹厌言兵。渐黄昏，清角吹寒，都在空城。”就会感到真有一气舒卷、宛转相生的妙境，是姜夔所特有的。传世的《白石道人歌曲》自注工尺旁谱的有十七首，其中《扬州慢》《长亭怨慢》《澹黄柳》《石湖仙》《暗香》《疏影》《惜红衣》《角招》《征招》《秋宵吟》《凄凉犯》《翠楼吟》等十二首都属于“自制曲”。这十七首词所保留的工尺旁谱，为今日仅存的最宝贵资料。据个人所知，夏承焘、杨荫浏两教授和丘琼荪先生正在向这上面做深入的探讨。这对宋词的唱法和创作民族形式的新体歌曲，都将发生重大的作用，是应该予以特别注视的。

和姜夔并称而作风不同的专业词人有吴文英。张炎曾把“清空”“质实”两种不同境界来评判姜吴二氏的高低。他说：“词要清空，不要质实。清空则古雅峭拔，质实则凝涩晦昧。姜白石词如野云孤飞，去留无迹；吴梦窗词如七宝楼台，眩人眼目，碎拆下来，不成片段。”（《词源》卷下）吴文英词确实有“凝涩晦昧”的毛病。他是接受温庭筠、周邦彦的作风，再加上李商隐作诗的手法，也想自创一格的；可惜没有相当的条件和开拓的襟怀，不觉钻入牛角尖里去了。近代况周颐、朱孝臧诸词人都是推重梦窗的。况说：“梦窗密处，能令无数丽字，一一生动飞舞，如万花为春，非若琱璚蹙绣，毫无生气也。”（《蕙风词话》卷二）我们如果专从艺术方面去看吴词，有些技法似乎也是值得参考的。

南宋末期作家，除前面提到的刘克庄、刘辰翁等是辛派的后劲外，其余如王沂孙、周密、张炎等，都是跟着姜夔走的；虽然也各有不同程度的若干成就，但都是一些“亡国哀思之音”，有如草际虫吟，使人听了难受而已！

七、结论

赵宋一朝，是长短句歌词发展到最为光辉灿烂的时代。这个音乐语言和文学语言紧密结合的特种诗歌形式，是从开元以来教坊乐曲的基础上，经过若干无名作者和晚唐、五代以来许多专业作家辛勤积累经验逐渐发展起来的。北宋初期作家在令词方面接受南唐系统，提高了它的风格，晏几道要算是达到了顶点的代表作家。由于汴京的经济繁荣，随着教坊杂曲的不断发展，而长调慢词勃然以兴；柳永适应这个时代需要，把这特种诗歌形式的园地大大地拓展开来了。接着苏轼以“横放杰出”的天才，感于柳词的“骫骳从俗”，风格不高，反过来，利用这个新辟的园地来发挥作者的诗人怀抱，在内容上打开了“以诗为词”的新局，于是“弄笔者始知自振”（王灼说），为南宋爱国词人做了“先驱”。他的门徒，有的跟着他走，如黄、晁等；有的还免不了柳永的影响，例如秦观趋向婉约一派。由于北宋后期的设立“大晟府”，周邦彦得着这个“讨论古音、审定古调”的机会，他又把这个特种艺术在柳永的基础上进一步提高了，完成了这个音乐语言和文学语言紧密结合的最高艺术形式。由于南宋初期民族矛盾的特别尖锐，所有爱国人士发出“抗敌救亡”的呼声，往往借着这个新兴文学形式来抒写悲愤热烈的情感；于是豪放一路有苏词，给了他们以启示，进一步发展到辛弃疾，把这个艺术形式注入了新鲜血液，写出了许多“豪杰之词”，确定了苏辛词派在中国文学史上的特殊地位。李清照和姜夔都想独树一帜，自成其为“词人之词”；单就艺术角度去看，也是各有其特点的；姜夔的“自度曲”，尤其值得研究音乐文学者的探究。南宋辛、姜二派，各自分流，直到宋亡，北曲代兴，才见衰歇。

历来评论家都把宋词归纳为“豪放”“婉约”二派，而对各大作家的看法也各有不同。清初朱彝尊特别提出姜夔、张炎来创立所谓“浙西词派”。中叶以后，又有张惠言倡“比兴”之说，选了一部《词选》来标示他的宗旨；接着周济又从张的基础上加以扩展，拈出四家，作为学词的准则，主张“问涂碧山（王沂孙），历梦窗、稼轩以还清真之浑化”(《宋四家词选》)。依据这个标准，建立了所谓“常州词派”；它的影响，是直到现在，还没有完全消灭的。

现在要从宋词这个丰富遗产内吸取精华来丰富我们的创作，我觉得从周、姜一派深入探求它的音乐性和艺术性，从苏、辛一派深入研究它的思想性和时代性，这里面是有很多宝贵的经验值得我们借鉴的。

新
流
xinliu

中国诗词通识

产品经理 时一男　　装帧设计 ABookCover
特约编辑 王 静　　责任印制 赵 明 赵 聪
营销经理 肖 瑶　　出版监制 吴高林

图书在版编目（CIP）数据

中国诗词通识 / 流沙河等著. -- 北京 : 北京联合出版公司, 2024.5
ISBN 978-7-5596-7491-3

Ⅰ. ①中… Ⅱ. ①流… Ⅲ. ①诗歌史 - 中国 Ⅳ. ①I207.209

中国国家版本馆CIP数据核字(2024)第054694号

中国诗词通识

作　　者：流沙河　等　　产品经理：时一男
出 品 人：赵红仕　　责任编辑：牛炜征
特约编辑：王　静　　出版监制：吴高林
内文排版：山　吹　　装帧设计：ABookCover

北京联合出版公司出版
（北京市西城区德外大街83号楼9层　100088）
北京联合天畅文化传播公司发行
涿州鑫义康印刷有限公司印刷　新华书店经销
字数 150千字　880毫米 × 1230毫米　1/32　6.25印张
2024年5月第1版　2024年5月第1次印刷
ISBN 978-7-5596-7491-3
定价：45.00元